丛林中的来信

唤醒未知的生命能量

[韩]金荣奎 著
千太阳 译

若想听世间最动听的鸟儿们的合唱,就请你来这片丛林中走一走吧。清晨和傍晚时分无疑是最佳时机。无数只展翅翱翔的鸟儿都有自己的主打歌,这些歌声混杂在一起,会给你呈现出一场精彩绝伦的听觉盛宴,你会不知不觉地被鸟儿们的合奏所迷住;只要到柿子园的山坡上,在有着一棵柳树的地方轻轻地闭上眼睛,静静地站一会儿,你的紧张情绪会瞬间变得烟消云散,欲望的污垢也会被冲刷殆尽……

推荐词

他生活在草木茂盛的丛林中

　　金荣奎是一名农夫,他生活在草木茂盛的丛林中。

　　乍看来,身为年轻有为的企业家,对都市生活感到厌倦,丧失自信后回到农村务农的经历也许并没有什么特别之处,大概是因为我们早已听腻了在电视节目中经常上演的成功故事,那些启发与人生感悟我们早就耳熟能详了。坦白地说,我在见到他之前,只是把他想象成一个从城市回到农村务农的普通故事的普通主人公而已。要知道,在日益激烈的社会竞争下感到疲惫、在残酷的现实中挣扎的人,可真不只有金荣奎一人,所以即使不听他解释做出这种选择的理由,我们大概也能猜得出一二来。

试问哪一个人不想有点变化，对生活做出必要的改变呢？大多数人都会看着成功事例，从中受到启发，然后紧握住双拳狠狠地下定决心。然而，这种一次性的决心在遇到更具魅力的成功事例后便会瞬间土崩瓦解。这也是没有做过必然选择的人们所具有的通病。"走别人的成功之路会更加安全、显得更加合理"的信念就是如此顽固而又盲目。

实际上，就连实现一个小小的目标也需要付出一生的时间，这是因为独自一人经历、做出判断的过程是不能够单单靠别人传授的经验来完成的。想要的东西、想做的事情假如存在于已经形成的价值观之外，就连实现一个小小的心愿也是不容易的，因为它是一种"战利品"，需要说服自己周围的人，打破各种阻挠才能获得。

安于现状、厌恶变化的人可能永远都不会知道这样一个事实——现在享受的一切并不是人生的全部。揭开隐藏在世界各个角落的秘密，探寻未知的一切，无疑是极具诱惑力的。只有走近去摸、闻、感受，才能了解到"美"无处不在。独自寻找的快乐和喜悦是重组人生的魔法，懂得这一点的人真是非常幸运的。

为了自己的选择而颠覆一切的他，这种决断很是令人钦佩。他做出这样的选择，应该是领悟到了人生的目标并不仅仅是人人都挂在嘴边的"吃好、喝好"，重要的是需要填入其中的人生信念。让我们走进金荣奎的"丛林"中,并把他的生活转变成价值导向型的生活吧。

清晨,狐狸林白乌山房的主人金荣奎漫步在丛林中,此时此刻,与家人无异的两只狗——大山和大海正与他同行着。他一边慢悠悠地走着,一边跟林子里的大树和小草打着招呼。丛林里的每一个成员都被拟人化很久了,每一棵树都有着自己的名字和故事。他会站在一棵棵树前面低头吟唱,还会向某一棵树轻声问候:"一切都正常吧?"当然,如果不能感受到大树的崇高,这些都是不可能做到的事情。

照看种在山坡上的茖葱也是他一天的日程安排之一。他不会为了提高产量而使用化肥,要知道,他的种地理念是只以丛林提供的养分耕种庄稼。他不会因为没有人看见而去背离自己说过的话。不过,这样做的结果——农作物的产量也是可想而知的。即使如此,他可一点儿也不在乎。他只是在实践从丛林成员身上学到的智慧——把需求最小化而已。

生活在渺无人烟的山中难免会觉得孤单。他会模仿狼的叫声对着满月吼叫,然后四处徘徊。那吼叫声回荡在整个山谷,回声变得越来越凄凉。尽管如此,他却丝毫感觉不到恐惧。其实,孤单这种东西,过着人际关系复杂的都市生活时也是一样的。只要太阳一升起,孤单就会被阳光淹没;只要听到从电话的另一侧传来的妻子和女儿的声音,他的孤单就会自然而然地消失。

我有幸成为第一个读到金荣奎稿子的人,他的文字真诚、坦白。观察丛林、与丛林对话、与丛林长时间一起生活的人,省察能力是惊人的。这就是让我们发现看穿世间的原理、诊断人与人之间的关系、回首自己的文章所具有的力量。现在是时候打消一开始对他抱有的怀疑态度了。经过与他多次的见面与交流之后,我下定决心,交定这个朋友了!

尹光俊
于秘苑

序言

歌颂自己的生活

　　这本书是生活在平和的丛林中的我，写给凄凉无比的丛林外的世界的信。为了向生活在某种不安和悲伤、挫折和疼痛中的你，送去一份安慰和勇气，分享一片温暖的心，我提笔写了这封信。信的内容并不是只有"打起精神"这样无力的安慰。我现在过着"歌颂自己"的生活，而本书讲述的就是我这样一个人的生活点滴。书中融入了我丛林生活的喜怒哀乐。而我向大家低声地发问，期望读者能够对这些喜怒哀乐的片段进行砍伐和摘取，并寻求大家的答案和共鸣。我的信融入在这喜怒哀乐中，我希望读者能认清我们自身，并衷心期望每一个人都能从中获得重新站起来、继续向前的勇气，这是我对于你最为衷心的祝愿。

不知不觉，我已经在丛林生活了五年之久。在得到我现在所生活的狐狸林（地名）决定接纳我的许可后的第二年，我亲手搭建了一个山中小屋，并给它起了"白乌山房"这样一个名字。就这样，我终于开始了丛林新生活。我开始做农活，在园地里种了柿子树，在灯台树和大山樱稀疏的丛林空间则栽种了茗葱。我还弄来了土蜜蜂，开始煞有介事地养殖土蜜蜂。之后我的家中又增添了几个成员——有人送了我两只狗。我给它们分别起名为"大山"和"大海"。还有值得提到的一点是：我跟邻居们也会经常走动，我们的关系很不错。一个月一次，我会跟村里的几名村民和从城里来的几名都市人聚在一起开"丛林研讨会"，然后一起做饭吃，欢度每一段时光。有空的时候我还会向村里的大哥大嫂们学习务农的技巧，我还跟村里的几名木匠经常来往，关系都很不错。你也可以通过这些信认识他们。

在丛林中生活，你可以拥有很多的个人时间，而我经常会一人静静地漫游在丛林里。倘若在这份沉默中领悟到自然与生命向我讲述的故事，那会是一个格外开心的日子。我会在忘掉之前，把那快乐的教诲用文字记下来。这一习惯成为我丛林生活的一部分。《向丛林问路》是我的处女作，是我把丛林的教诲用文字表达出来的首次尝试。此后，过了一两年，我跟别人一起共著了《青山岛生态文化图鉴》，这本书介绍的是莞岛郡的美丽岛屿以及青山岛的生态和文化。在此过程中，很多读者纷纷来到了这片丛林，他们还邀请我去他们知道的好地方。在这种情况下，我跟几名村民和都市来的朋友一起建立了"丛林学校，古老的未来"。从那以后，我便和更多的人分享着丛林、生命以及自然教给我们的生活智慧。

就这样，我过着"歌颂自己"的生活。我慢慢恢复了自己的本来面目，或者说是寻找到了人类最开始的状态，过着我自己想要的生活。曾经在首尔被人称为 CEO 并经营着一家公司的记忆，就像秋风扫落叶一样被吹落，腐化为我新生活的土壤。我亲手搭建了自己要住的房子，我开始务农、写书、演讲。自从开始享受融入丛林的新生活之后，我不断地摸索不失去自我的生活。我获得了可以守住自己自尊的力量，获得了在资本和权力要求我遵从它们时可以一口拒绝的勇气。例如，当有人只想拿钱购买我的土蜂蜜时，我并没有卖给他们。我只会把我的蜂蜜分享给这样一些人：他们懂得品味蜂蜜中包含着的蜜蜂的辛劳，他们能够体会到那蜂蜜中所蕴含的无数的花朵的芬芳。如果不懂得感激，不会献出自己的叶子来与他人分享自己淡淡清香的人，我也是不卖给这种人茖葱叶子的。即使我受邀演讲，如果我觉得自己站在讲台上有不舒适之感的话，我就会拒绝。多年以来，我一直遵守着这一原则。因这种关系，我没能脱贫，甚至可以说是迎来了我人生中的"寒冬"。可即使这个冬季比我想象的还要漫长一些，我也还是过着歌颂自己的生活。因为我早就知道这个道理：过着贫穷的生活，也能歌颂自己；也没有必要因为得不到社会的认可，而不把宝贵的生活当成一首歌去唱诵。

歌颂自己的生活是追求自我的生活。这种生活意味着放弃一味地追求本不属于自己的一切，扔掉那些自己固有的冗杂方式；这种生活是追求属于自己喜怒哀乐的生活；是顺其自然的生活；是接受每个生命都会经历的喜与悲，并平淡地度过那些岁月的生活；是扔掉期待生活中只有快乐的贪欲、接纳生活中会遇到所有局面的生活；是懂得尊重他人的生活。

这一切的一切都是因为只有我们在关心他人、帮助他人的时候，心里才会变得暖暖的，心情也会变得愉快。试一下吧，我想你也会不由得哼出歌来。

我想通过这封信跟大家分享我的这些体验。不过，即使读完了这封信，我想你也不可能马上就能过上歌颂自己的生活。还有，找到能过上这种生活的具体方法也是非常不易的。然而可以确定的是，你会对很多事情产生共鸣。希望你能够在这封信里，这封于某个美丽的一天中被写下的信里，了解到什么是歌颂自己的生活之乐。希望你能从一棵小草、一棵大树发出的信息中，了解到它们的欲望、它们的奋斗其实与你别无两样；希望那些故事能够打动你柔软的内心，能够给你及时地送去一些勇气。我相信跟我一起生活的两只狗的故事和与我的邻居们的故事也同样能够起到这样的作用。

我更希望此封信的"收件人"是生活在不安与绝望、伤痛和痛苦之中的人。我曾经也有过像苦熬寒冬的大树一样的生活经历。我十分清楚春天是一个多么美好的季节，它代表了多么漫长的等待。就如苦熬寒冬的大树接到春天来临的消息一样，希望我的这封信能够化解你心中的积郁，哪怕是一点点，微不足道的一点点，我也会很开心，心满意足。

金荣奎
于狐狸林

推荐词
序言

第一封信　融入　/　001
第二封信　如果想燃烧　/　005
第三封信　停止与转变　/　010
第四封信　麻木与同感　/　016
第五封信　渴望　/　021
第六封信　命　/　025
第七封信　花开的理由　/　029
第八封信　尝试过吗　/　033
第九封信　花谢的理由　/　037
第十封信　一个挥之不去的危险想法　/　040
第十一封信　想唱就唱　/　045
第十二封信　我人生中的第一个柱子　/　049

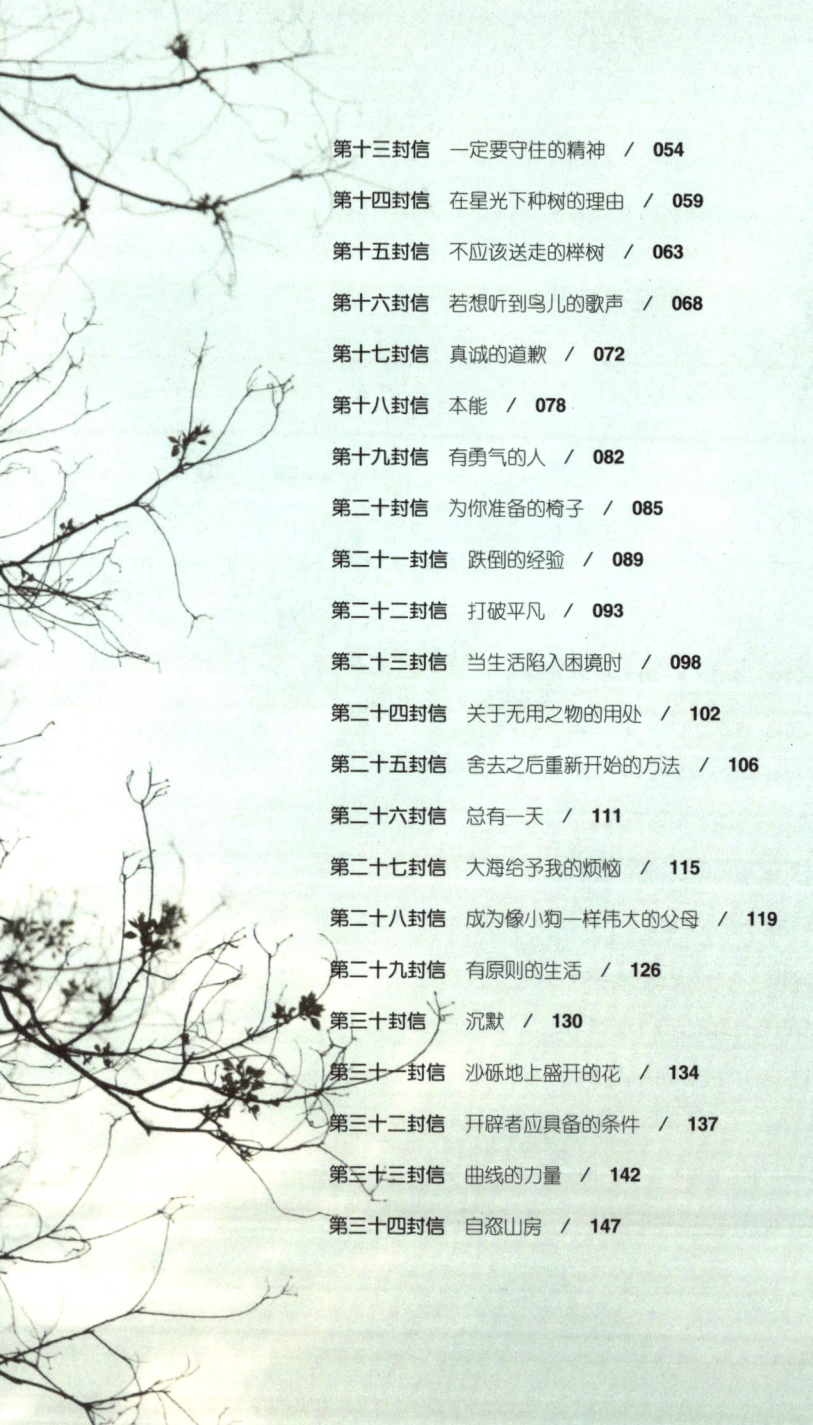

第十三封信　一定要守住的精神　/ **054**

第十四封信　在星光下种树的理由　/ **059**

第十五封信　不应该送走的榉树　/ **063**

第十六封信　若想听到鸟儿的歌声　/ **068**

第十七封信　真诚的道歉　/ **072**

第十八封信　本能　/ **078**

第十九封信　有勇气的人　/ **082**

第二十封信　为你准备的椅子　/ **085**

第二十一封信　跌倒的经验　/ **089**

第二十二封信　打破平凡　/ **093**

第二十三封信　当生活陷入困境时　/ **098**

第二十四封信　关于无用之物的用处　/ **102**

第二十五封信　舍去之后重新开始的方法　/ **106**

第二十六封信　总有一天　/ **111**

第二十七封信　大海给予我的烦恼　/ **115**

第二十八封信　成为像小狗一样伟大的父母　/ **119**

第二十九封信　有原则的生活　/ **126**

第三十封信　沉默　/ **130**

第三十一封信　沙砾地上盛开的花　/ **134**

第三十二封信　开辟者应具备的条件　/ **137**

第三十三封信　曲线的力量　/ **142**

第三十四封信　自恣山房　/ **147**

第三十五封信　治愈折断的翅膀 / 152

第三十六封信　成长的尽头 / 156

第三十七封信　疼痛,神灵赐予的省察机会 / 160

第三十八封信　采挖红薯 / 164

第三十九封信　请不要视而不见 / 169

第四十封信　捕兽器 / 173

第四十一封信　关于简洁 / 178

第四十二封信　她听不到钟声的原因 / 182

第四十三封信　生死存亡的瞬间 / 187

第四十四封信　致给想归乡种田的人们 / 192

第四十五封信　不是钱,而是生命 / 197

第四十六封信　区分人类和人的方法 / 203

第四十七封信　自立的生活 / 207

第四十八封信　映照生活的镜子 / 210

第四十九封信　我们不幸的理由 / 215

第五十封信　年龄 / 221

结尾　在这个世上最深奥的教诲来自于活着本身 / 226

第一封信

融入

当我在融入到无数生命与事物的共存或是循环的关系中时,我便可以安抚我孤单的心灵。打开自己狭隘的心,与自然相通,你会发现很多事情都不成问题。

偶尔有人会问我冬天在山中小屋生活,最不可或缺的是什么。

丛林中的来信

冬天你可能会被困在雪中,所以你要有充足的粮食。这些粮食偶尔要清洗,但是一定要防止它们被冻坏。还有,为了不让两只小狗饿肚子,也要及时地备好狗粮。不过,冬天最重要的莫过于取火了。因为不烧火的话,冰凉的炕头会让你整晚都难以入睡。

听到这样的回答,人们还会继续追问:有没有什么不方便的地方?你不害怕吗?

怎么会没有不方便的地方呢?在大自然的季节变化前面,我又怎么会不畏惧呢?人只要一出生,一直到死亡都会不停地进行思考。因此,我同样也有心情不好的时候,也有感到畏惧、孤单的时候。所以,想想要在山中与自然一起生活——与季节无关——需要常备的东西,就是一个好的心态。只要拥有一个好的心态,一切不便利就变得很渺小。

自由的生活让我不受束缚,而我现在分明过着比拿破仑或是忽必烈都还要伟大的生活,因为我掌控着我自己,进而可以自由地翱翔在这世界里。

畏惧会在了解和感受这两个过程前面销声匿迹。刚开始,我把獐子的叫声误认为是野猪愤怒的声音,所以十分害怕。我还特别害怕猫头鹰的歌声,因为小时候看过的电视剧《传说的故乡》中,冤鬼出没的时候常把猫头鹰的叫声作为背景音。还有,那时我并不知道偶尔会从山里传来的"嗡嗡"声是风在变向时传出的声音,这导致我一听到"嗡嗡"的声音就会刹那间变得毛骨悚然。然而,我现在知道了一切的恐惧都源自我与世隔绝的心。

除此之外,我经常被人问及的问题还有:"你孤不孤单?"

怎么会没有感到孤单的时候呢?但我知道这也是源

于对人的期待。当我在融入到无数生命与事物的共存或是循环的关系中时,我便可以安抚我孤单的心灵。打开自己狭隘的心,与自然相通,你会发现很多事情都不成问题。

一转眼,来到丛林已有五年了。我明白了这些年,不是自然在排斥我,而是我没能融入自然,是我一直在排斥自然。我想慢慢地完全融入其中。

📩 第二封信

如果想燃烧

　　燃烧的第一原理就是成功地点燃细柴火，然后才能燃烧大木头。切勿有贪欲，否则欲速则不达。这是自然的法则，也是顺序的法则。

　　山中小屋长时间地被困在雪中，吃饭和睡觉都成了问题。米缸里没剩多少米了，我每天要抽的烟也只剩下了最后一盒。当然，最大的问题还是客厅中用来取暖和

丛林中的来信

烧水的锅炉快要没油了。大米只要下山到村里背过来就行,然而送燃油的车则只能等到雪完全化了才能开进来。没办法,我只好把客厅的温度调低,暖气也只是开到让其不会冻住的程度。另外,我把卧室里的炕烧得很热很热,从而维持房间整体的温度。这使得我这段时间内要不停地烧火,不过好在之前我弄了很多的柴火过来。

取火是一件非常奇妙的工作。有的时候,柴火可以很快就点燃,但有的时候,则只会一直冒烟,任凭你怎么着急,它也点不着。如果是在最近这种寒风凛冽的天气遇到这种糟糕状况的话,就要一把鼻涕一把泪地折腾好半天。在这种恶劣的条件下生火的时候,我突然觉得取火就像是人生的成长法则。我打算在下面介绍一下这几天我领悟到的几个浅显道理,如果你是一个想让自己的人生熊熊燃烧起来的人,我衷心地希望你能关注一下取火教会我的道理。

首先，要记住：过于贪心就不能点着火。在火坑里放入大木头块以供燃烧的话，火就可以烧很长时间，这样一来也就可以长时间地保持炕的温度。因此，生火的最终目标是点燃大木头块。不过，生不了火的大部分原因就是我时常有着想一下子就把大木头点燃的贪心。没有足够的引火柴，则绝对不能点燃大木头块。首先，要点燃纸张或干草茎、落叶等引火之物，再利用其火点着细树枝。慢慢地，等到细树枝完全点燃之后，才能点燃劈好的较粗的干柴火。干柴火开始烧起来之后，就可以放入大木头块燃烧了，而此时，粗到让人怀疑甚至烧不起来的大木头块就会很快地被点燃。没错，这是一个循序渐进的过程，就连生火这件小事也隐藏着从量变到质变的自然法则。燃烧的第一原理就是成功地点燃细柴火，然后才能燃烧大木头。切勿有贪欲，否则欲速则不达。这是自然的法则，也是顺序的法则。

丛林中的来信

燃烧失败的另一个原因是性子急躁。寒冷的冬天谁都想在赶紧生好火之后，进屋躺在热乎乎的炕上好好地享受一番。所以如果天气非常寒冷的话，人们都会想在火坑里塞满木头，让它一次性地燃烧。此时由于生火心切，我们会放入很多柴火和大木头，不过这么做的话，百分之八九十的几率会把烧得正旺的火灭掉。因为在这个小小的火坑中，能量也还是会遵循着对流的原理：那就是热空气上升，冷空气下降。这时下部的空气如果被太多的柴火堵塞，就不能通过之间的缝隙上升——不能打通风的流通通道的话——火马上就会熄灭。因此，燃烧的第二个原理就是空隙。我们要忍耐，也要等待。

第三个原理是亲身体验之后才能准确知道的十分微妙的道理。如果想让整个火坑里的柴火整体都熊熊燃烧的话，火要从四方均匀地燃烧。而只有左侧一角烧着的话，火种就会很容易灭掉。只凭借一个角落的燃烧，难以燃烧一个大木头块，所以我们要马上燃烧右侧，火才会整体扩散。这其实就相当于燃烧也有协同效应或扩散原理。因此，我想表达的燃烧的第三个原理就是均衡：维持不向一侧倾斜的均衡，才能让火尽情地燃烧。

最后还需留意的是难以称得上是直接和烧火有关的另一个原理——那就是在火炕的旁边需要放置一个"烧火棍"。因燃烧掉一部分，体积变小的木头会导致柴火的排列散开，这样一来，有可能会堵塞从下部提供氧气的空间。如此，烧得正旺的火也不能达到完全燃烧的目的。这时用烧火棍稍微地扒开一点儿空间，火就可以燃烧得更旺，可以完全燃烧放入火炕里的所有柴火。烧火棍相当于正在燃烧的柴火的导师。而这一现象可以解释为有了好老师，火就可以更为轻松地燃烧起来。

我希望大家的生活都充满激情。为此我们需要仔细观察自己的"火坑"，找出自己缺乏哪些原理，迫切需要的是什么原理，从而让生命之火熊熊地燃烧起来。

丛林中的来信

📧 第三封信

停止与转变

哪怕是现在也好,让我们开始去寻找可以停止欲望的方法。

13,8,8,6,10,19,17,18,15,13,10,13,18……

知道上面的这些数字表示的是什么吗?是我从去年

的1月1日起到13日记录的这里的最低气温,而读者只要在阅读的时候在这些温度数字前加上"零下"两个字就可以了。在此期间,晚间新闻也着重报道了世界各国的反常气候。从新年的第一天开始,连续13天把天气问题作为重要新闻进行报道,这可是史无前例的事情。不过,更让我感到奇怪的是新闻为什么对问题本质的严重性不进行报道。还好,昨晚的新闻已经对北极的酷寒和南极的厄尔尼诺现象进行了分析报道。

从新年开始就下起的雪,让首尔的地铁变成了"地狱铁"或者"迟到铁"。听到这消息,我的脑海里出现了很多想法。从趋势上看,气候反常现象会日益严重,而人口密集的首尔能否承受得住那种骚乱和不便呢?在-18℃的低温天气里,柿子树只要受冻6个小时以上就会冻死,为了做柿子饼而种植在院子周围的柿子树,能否经受得住即将到来的酷寒呢?漫山遍野都是积雪,鸟和野兽应该很难找到食物,一有空就会聚集在院子里靠野

丛林中的来信

草种子维持着自己的生活的那数百只麻雀和大山雀、鹨,它们的这个冬天该是有多难熬啊!

山房的生活每一天都跟修行别无两样。这里的路也被厚厚的雪所覆盖着,丝毫没有融化。家里的大米和油都没有了,我只好背着背架下山去了村子。在经过丛林的时候,我感觉耳朵都要冻掉了。之前在上山下山的时候,我可都是开着车的,而这次背着重重的大米和油走着上山,累得我上气不接下气,出了满满一身汗。人们都出于好心而担忧地问我:"为什么要在山里建房子呢?在那里生活该多苦啊!"

虽然背背架的道行还不够熟练,但是在反复多次的过程中,我反而从中感受到了奇妙的快乐。我发现被惰性渲染的身体之中,利己心渐渐消失了。

我一直想持着批判的视角去看待只装载效率和欲望

而奔驰的文明，并迫切地期望能够过上让我反复思考应对新方案的生活。不过此次山行，让我深刻地反思了自己，我在想自己是否做到了这一点，如果做到了又到底做到了多少。昨天一整天我都对"停止"一词进行着思考。炕烧得热乎乎的，我躺在上面看了跟我同岁的生态学者安德烈亚斯·韦伯（Andreas Weber）的书，他在书中这样说道：

> 市场是非效率的。人们拧紧效率螺丝也是因为如此。因此，从美国的总统到小村庄的村长，亚当·斯密的继承人造成的这一局面，使得现今几乎所有的政治家们都会陷入逻辑错误。他们的思维依然停留在19世纪，并试图用19世纪的方法去解决21世纪的问题。让我们早已牺牲很多东西的"自由市场"——即让我们牺牲了小村庄中宁静的日子、和家人一起完成的悠闲假期、自然以及人生的所谓"自由市场"，只是物理学上的乌托邦而已。

丛林中的来信

在这个村子里，除了我之外再没有人会背背架了。在山村里，大多数劳动也都是由高科技农具完成的，这无疑使得我们获得了便利。不过就如韦伯所揭示的那样，基于自由主义的工业化夺走了我们生活中的很多东西，这也确有事实。用名为"效率"和"便利"的价值，覆盖了许多更为宝贵的价值，而我们却毫无察觉。当然，比起这个悲剧，或许会有更大的悲剧正在等着我们。心中无法抹去的这种想法让我很是忧愁，并且我很担心在不久之后，人们会把现在记忆中的这个"自然"完全从大脑中抹掉，忘却这一宝贵的记忆。我开始担心继洪水、暴雪、严寒给我们带来的灾难之后，会出现的另一崭新的灾难———一直把地球视为公地的我们即将面临的"公地的悲剧"。

《公地的悲剧》（*The Tragedy of the Commons*）是1968年12月，美国的加勒特·哈丁博士在《科学》杂志上发表的一篇论文。它是在经济学、生态学等各种学术领域经常使用到的重要的概念。例如，人人都在公共草场放羊的话，随着羊群数量无节制地增加，公共草场的土地便开始退化，最终这会导致所有的牧民都遭受损失或整体毁灭。因此，"公地的悲剧"强调：像空气和湖泊、森林以及地下资源等公共资源，相较于交给市场去调节，更应由国家进行干预，或者在利害当事人之间进行协议等方法，对其使用进行限制。

哪怕是现在也好，让我们开始去寻找可以停止的方法，这样的做法会怎么样呢？个人或组织摸索着，把基于自由主义的文明转变成基于自然主义的文明，这样的方法会怎么样呢？我能率先做到的停止和转变又将是什么呢？我深深地沉浸在了思考之中。

丛林中的来信

✉ 第四封信

麻木与同感

　　去感受那些与我完全不同的生命的快乐和痛苦,与它们产生共鸣,在山中丛林里反而可以遇到更多美丽的画面。而此刻,恐惧早已烟消云散。

　　大雪导致我困在山中的时间变得更长,这使得邻居们开始为我担忧起来。他们送来了村子里用剩下的除雪用的氯化钙和沙袋,以便让我除雪开路。背着背架上山下山十分的危险，所以在坡度大的坡地上我沿着脚印撒上了沙子。当我打开一袋子氯化钙在雪地里撒了几把后，神奇的事情发生了！在撒上氯化钙的地方，雪无声无息地融化掉了。如果多撒一些的话，很快就可以看到地面了。哈，真是太方便了，这简直让我产生了直接把这一袋子全都撒上去的冲动。

不过我没有那么做。因为从春天到秋天，沿着这条山路花开花谢，那些美丽的生命轮回深深地印刻在了我的灵魂中，那无数美好的画面在我的眼前飘动着。每到花期，戟叶蓼、附地菜、锦带花、水凤仙花都会沿着这条山路绽放；这里还有尽情飞翔的小鸟沐浴之后离去的泉水；这里还是夏末之夜，珍贵的萤火虫散发绿色光芒寻找自己另一半的约会场所。我好像沉浸在了自己构想出的迷幻梦境之中，甚至听到了细虫与飞鸟们在春日中的窃窃私语。它们不会喜欢用来融化积雪的氯化钙的盐分，因为沿着山坡和小溪流淌下去的盐分会威胁到它们

丛林中的来信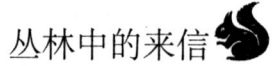

的生活。

人类从进入近代到今天,把积累更多的财富、过上更加便利的生活视为人类固有的权利,并不断地强化这一信念。事实上,人类也确实通过这一信念取得了惊人的物质进步。然而,这种进步举着拜金和便利的旗帜,大肆破坏着我们的生活环境。现在,我们的生态系统遭到了严重的破坏,人类也因此而付出了相应的代价。我们的生活已经受到了自然灾害的威胁,这已成为不争的事实。如果事已至此,我们却还需要经历更多的灾难才能察觉到这一事实的话,那就为时已晚,恐怕一切都无法挽回了。

历史把中世纪称为宗教时代,近代称为理性时代。这个理性时代是感觉不到他人痛苦的、麻木不仁的时代,而我认为麻木不能再成为当下我们的应对方案了。例如,在福岛的第一核电站爆炸事件和智利矿井坍塌、海地地震等灾难发生时，世界各国都会伸出援助之手。各国都纷纷伸出援助之手的这一现象的本质是什么呢？我认为那是同感。我们所有的同胞们，身为人的同胞们，从面临苦厄的人们身上体验到了如同附加于己身的苦厄，于是他们发自内心地伸出了援助之手。

如此，在产生同感的时候这个世界才会出现希望。杰里米·里夫金（Jeremy Rifkin）也曾指出过"同感"是拯救不安时代的新的应对方案之一。他对"同感"下了这样的定义："同感是认识到为了生活而奋斗的其他人的存在，并分享他们的经验。"他所下的定义很正确。不过，这一原本只针对人类的定义，在用于定义生态方面时，同样具有说服力，甚至能够拥有更大的说服力。超越个人的范围拘束，认识到整个生物圈的存在，摸索与它们和谐共存的方式，这才是塑造可持续发展的未来的同感。

丛林中的来信

偶尔会有人问我："在山里生活不害怕吗？"我一个人生活在山中并不感到害怕，其理由在于同感。去感受那些与我完全不同的生命的快乐和痛苦，与它们产生共鸣，在山中丛林里反而可以遇到更多美丽的画面。而此刻，恐惧早已烟消云散。

雾气弥漫的冬季丛林现在正下着雨。低温持续了那么久，可是当到了真正应该十分寒冷的大寒节气时，气温反而达到了零上10℃。雨下得很大，也正因这场雨，通往山房的山路上的积雪大部分都融化开了。当然，让我陷入麻木诱惑的精神雪原也一并融化掉了。啊，今日的自然给了我很大的一番领悟啊。

📩 第五封信

渴望

> 我扪心自问:"我的心中是否也有一个难以抹去的渴望呢?我的渴望造出来的小窗户是否依然还在呢?"

一位认识的朋友开车给我送过来了一只鸡。去年晚秋,他家上小学的孩子从学校门口买来三只小鸡,这只鸡是唯一一只在楼房客厅中存活下来的。由于它的体积

丛林中的来信

一天天变大且很活跃，总是到处走动，朋友实在无法继续在客厅里饲养它了。这只如同着一身白衣的鸡，一眼就能看出它性情温顺，正因如此，他的宝宝给这家伙起的名字叫"唧唧"。

为了养几只土鸡而搭建的鸡圈，因为我一直没抽出工夫来打理，所以此刻仍处于未完成的状态。没办法，直到天气变暖为止，只能把这家伙关在朋友来时盛放它的箱子里了。在我把这家伙的房子放到地板上的时候，它朝着跟我一起住的狗狗——大山和大海开始叫个不停。而两只狗的宝宝风声也开始不老实了。大山发出了如同生病的声音，虎视眈眈地盯着唧唧。我用烤鱼用的烤架制成盖子，给唧唧搭建了一个屋顶，从而进行了安全隔离。

想到这家伙一直被关在箱子里应该会觉得很闷，所以，我在生火的时候便把唧唧放了出来，让它走动走动。才刚把它放到地上，三只狗就以要把它咬死的气势攻击过来，其中以大山的气势最为凶猛。我立刻拿起扫帚控制住局面，对三只家伙进行着思想教育：

"它可是以后要跟我们在一起生活的家人。你们要听话，好好保护它啊。"

唧唧宛如不知道狗狗们的威胁有多可怕一般，依然在开开心心地一直啄着地，享受着野生放养的快乐。狗狗们处于高度的兴奋状态，大山被我用扫帚打了几下之后才乖乖地蹲了下来。虽然心里感到有些对不起大山，可我也是出于无奈才这么"暴力"的。

我把唧唧挪到了火坑前面，可能是因为暖和的关系，它马上就合上眼睛开始犯困。大山趴在火坑前面的地上嗅着唧唧的气味，眼珠子一动不动地盯着唧唧。我很担心它们日后的敌对关系，同时也很好奇它们到底能否成为家人，一起和睦相处。我把唧唧放到箱子里喂了食，然后在箱子上面放上了烤架，今天唧唧的放风时间就这样结束了。我坐在客厅，望着大山盯着箱子看的情形，突然发现箱子的中间有一个小窟窿。我上去一看才发现，原来那是唧唧从箱子里面向外啄出来的"小窗户"。

那一刻我明白了，生命对自由的渴望竟是如此的强烈！关在封闭的箱子里的唧唧会有多么憋闷啊，它是非常好奇外面的世界，所以才会在里面啄出个"小窗户"吧？说到此，我顿时体会到渴望的重要性——它才是让自己过上自己想要的生活的原动力。渴望是通往自己向往的地方的最佳动力。我好像能够明白在三只小鸡中，唯独那家伙能存活下来的理由了。

我扪心自问："我的心中是否也有一个难以抹去的渴望呢？我的渴望造出来的小窗户是否依然还在呢？"

第六封信

命

　　我很想让你也马上看到它的根部：这个看似脆弱的生命，为了守护自己的生命，为了让自己持续生长而呈现出的惊人的一面。

　　有一种草的正式名称为"茖葱"，有的地方还称它为"山蒜"。在郁陵岛，人们以"挽救生命之草"的盛誉，将茖葱称为"救命草"。茖葱在雪岳山、智异山等地自生，不过总体来说多生长于郁陵岛上。这种草是多

丛林中的来信

年生草本植物,据说它的寿命长达40多年。在郁陵岛,法律禁止茖葱的采摘和出售。七年前,我在光陵的树木园内第一次认识到了这种草,不过因为过于珍贵的缘故,没能拿几棵回家栽种。不过就在昨天,我终于在庆尚道的一家农户家中再次遇到了茖葱,于是很幸运地,我带了几棵回家。

那位农夫用锄头挖开冻土,递给了我茖葱。这棵小植物那绿油油的叶子刚长出来没多久,小拇指粗的鳞茎在冻土中战胜了寒冷,正在长出新的嫩芽。我小心翼翼地抚摸着它,仔细地观察了一番,只见茖葱的鳞茎被比纱布薄一些的织物包裹着。

我问了农夫:

"若想人工栽培茖葱,就要像这样用布包裹根部是吗?"

农夫笑着回答:

"不是,那是茖葱自己编织出来的布。"

苍葱的鳞茎皮呈丝网状，分明就像是布一样嘛。天啊，它竟然独自精巧地编织"麻布衣服"保护自己的根部？这叫我禁不住带着疑问的口吻赞叹着："这真的是苍葱自己编织出来的布吗？"我很想让你也马上看到它的根部：这个看似脆弱的生命，为了守护自己的生命，为了让自己持续生长而呈现出的惊人的一面。此外我还想让你感受到苍葱的一切：它所散发出的比普通的大蒜更浓郁而新鲜的香气，以及它那富有光泽的叶子。

今天我分别在几个花盆和院子背阴的地方种上了庆尚道农夫给的苍葱。个子矮小的苍葱一定会比其他的草提早长出嫩芽的。3月到4月时它会长出散发着香气的叶子，而进入夏季时它就会绽放出美丽的花朵。它还会在夏季结束之前结种子，之后叶子会匆匆凋谢。然后呢，它会再次编织防寒的布，度过漫长的冬天。

丛林中的来信

家里的荠葱现在才四五岁,因此我想我会和这棵草一起慢慢地老去,直到停止呼吸的那一天。即使是看似弱小的一棵小草,也会根据季节的变化,为了更好地适应环境而不断地改变自己的面貌。我以后也要像这棵小草一样生活!这个小东西,因为有着个子矮小的不利条件,所以比别的草提前发芽、开花,甚至在冻土还未融化的初春时节就发芽生长,并通过这种方式克服对自己不利的条件。另外,它还持有独特的智慧:独自编织能够预防严寒的像房子一样的保暖衣,以便包裹住自己的根部。这是一棵毫不吝啬地把自己的每一片叶子都献给人类、同时还能守卫自己生命的无私而坚强的智慧之草。与它一起度过一年四季,我也能过上像它那样充满智慧的生活吗?这一想法让我一整天都激动不已。

📩 第七封信

花开的理由

  春天很快就会到来,然而花不会自然而然地开。等待自己绽放的时机,每一天都促使自己更进步一点点,只有这样的植物才能绽放出美丽的花朵,只有它们才能实现魔法般的变化。

  这片丛林已经连续下了四天的雨。或许是春天提前来到了,抑或是冬天变短了,不管怎样,这场雨都像是

丛林中的来信

谷雨时节的雨一样温暖。远处,笼罩在淡淡雾气中的村庄若隐若现,几户人家的灯光隐约晃动着。这真是催发并延伸思念的好天气啊!无论是思念人或思念事情,这样的天气都再合适不过了。

苍葱已栽种了一周。这一周,我无时无刻不在期待苍葱早点长出嫩芽来。因为很好奇它的变化,我一天中甚至会去附近察看好几次。宛如对我的期待进行答复一般,放在厨房一角的三个小花盆里的苍葱叶子不知不觉间就已经长到10厘米左右。然而,在前院的百日红树下种下的苍葱这些天却一点儿变化都没有。好在淋了这四天的雨之后,我终于看到了等待已久的浅绿色嫩芽。

自打从农户那里拿来,在自家移栽的第一天起,我就开始好奇什么时候它们才会长出嫩芽。长出嫩芽之后,我又开始好奇嫩叶什么时候会变成绿油油的宽叶子。而长成宽叶子之后,我又开始好奇它什么时候才会开出漂亮的花朵。

并不是所有的渴望都能够马上变为现实,这是自然的法则。苍葱大约在第五年的时节才会开花。它的种子第一次发芽之后,经历五次严寒的考验,才能绽放第一朵花。它们招来蜜蜂,又与蝴蝶欣然为伍,而这呼朋唤友的美丽与芬芳却需要如此漫长的忍耐。

人生走到一半我才明白这样一个道理:人也是生命,只有在遵循自然法则时,生活才会因找到真正的自我而变得充实。而这样的充实是在自我成长的前提之下的。每一个生命都被设计成在混乱而复杂的关系中彷徨,造物主的寓意好像就在于此。在时间和空间中形成的纵横交织的关系中,谁都不会自由,这就是贯通生命和万物的宇宙秩序。然而,在那么复杂的不确定性中,所有的生命都被设计得具有促使自己发展的能力。捕捉那一细微的变化,等待时机准备变革的生命,才能在某

丛林中的来信

个瞬间像变魔法般绚烂地绽放。那一瞬间到来的时候，抑制它的关系和存在都会消失无踪，魔法就会让它实现变革。

一切变革都会带来局面的转变。苍葱在脱掉种子壳之后，才会长出根，长出第一片叶子。这种植物通过脱掉种子壳成功实现第一次变革；通过吸收阳光、独自生产养分而进行第二次转变。此后，经历五次的严寒之后，它才能迎来绽放第一朵花的瞬间。

春天很快就会到来，然而花不会自然而然地开。等待自己绽放的时机，每一天都促使自己更进步一点点，只有这样的植物才能绽放出美丽的花朵，只有它们才能实现魔法般的变化。生活在丛林中的所有生命，它们的一生都是如此。而身为人类的我们，一生也与此毫无分别。

📩 第八封信

尝试过吗

很多人为了在变得激烈、刻薄的社会中存活下来，忙于寻找各种秘笈，但是在我的经验中，我至今没有找到能比生活在大自然中进行务农、观察自己、改正自己的错误还要有效的秘笈。

从很久以前开始，我就想着要自己养殖黄豆芽吃。正月十五，用来养黄豆芽的罐子（底部有滴水的小窟

窿）终于抵达了山房。在把罐子清洗干净之后，我拿出一些早已在两个月之前买来的黄豆浸泡在了凉水里。在盆底铺上麻布，然后我铺了一层没有泡发的黄豆，之后又在其上铺上了泡发好的黄豆。在盆底铺上麻布是为了防止黄豆芽的根长到盆外面来。另外，铺上一层没有泡发的黄豆是为了能够吃上较长的时间——因为上层泡发过的黄豆和底层没有泡发的黄豆会时隔一定的时间长出来，这样的做法可以让我连续采摘。

在接水盆上面我放上了两个木棍，至于木棍的上面，我则放上了黄豆芽罐子。我为黄豆浇了很多水。大概过了一天左右，泡发过的黄豆就开始发芽了。养黄豆芽很轻松，只要每天给它浇四五次水，它就会每天长出一些。长到一定程度的时候，我就会拔出一些做菜吃。吃过自己养的黄豆芽的人，想必都会知道它与外面卖的黄豆芽的味道可是大大的不同哦！非常非常新鲜，很清脆，很香，那些卖的黄豆芽和它简直没法比。

我自己养殖黄豆芽的理由其实很简单，我并不是只为了省下买黄豆芽的钱，也不是为了满足自己的食欲，以便让自己吃到清脆、新鲜的黄豆芽。说到底，真正的理由是养黄豆芽是像我这种懒人也可以轻松做到的简单农活，它可以成为我自我反省的手段。很多人为了在变得激烈、刻薄的社会中存活下来，忙于寻找各种秘笈，但是在我的经验中，我至今没有找到能比生活在大自然中进行务农、观察自己、改正自己的错误还要有效的秘笈。同时我还知道反省自我，根据反省，我发现向前进的最大动力就是停留在自然中，感受自然，或者做一做农活。

放在室内的黄豆芽罐子和种上苍葱的花盆每天都会向我搭话。它们向我倾诉口渴的时候，我会明白让生命存活的源泉就是欲望。站在院子里那战胜了寒冷冬季的梅树和蜂箱旁边的时候，我就会学习到战胜寒冷的勇

丛林中的来信

气。即使不施肥、不打农药,在丛林的一角仍能获得一席之地的兰花更是体现了生命对生的渴望。生活中的无数关系就是一个大网,而我认为这张网便是由那些植物的恩惠填充的。每当我身边的生命停留、离开的时候,我都可以更为淡然地对待自己的生活。

如果你在泛滥的生活秘笈前面屡次遭遇失败的打击,我倒是很想问你这样一个问题:

"请问你尝试过吗?你有过把黄豆芽罐子放在旁边,一边浇水一边观察黄豆芽的成长与奉献吗?问问自己的老师'自然生活怎么样',你真的那么做过吗?"

📧 第九封信

花谢的理由

时光悄悄走过,
几朵梅花凋谢。

花,不会平白地凋谢。
梅树开花了。
我长久立足在树边,
花苞却没有打开,
然而一觉醒来,

丛林中的来信

它却已经绽放。

看来，花真的会在黑暗中绽放。

时光悄悄走过，
几朵梅花凋谢。

而我看到了那白日下花瓣的洒落，
我明白，花不会平白凋谢。
它在竭尽全力留下果实后，
它在等待着并期盼着，
期盼着那颗果实成为大树的一部分血肉后，

才允许风的精灵来考验它的生命。

花，不会平白地凋谢。
当花的美丽完全属于大树时，

当花香变得更加浓郁时，

花的心灵，

才会慢慢凋谢。

第九封信　花谢的理由

丛林中的来信

✉ 第十封信

一种挥之不去的危险想法

虽然它们没有忘记与主人的关系,但它们好像渐渐地开始证明着:这两只小兽,不,是长大的野兽,它们体内流淌着狼的野性。

女儿要我给她买辆自行车。13岁的她看样子想早早地学会骑自行车。我并没有阻拦她,而是让她按自己的意愿去做了。女儿已经在网上看好了一辆自行车。在网上订购自行车的时候,她顺便还买下了几件首饰,没过几天货就送到了家。星期一下午,女儿到宽广的运动场上要我教她骑自行车。女儿很快便掌握了转动轮胎的技巧,比我想象的还要快。她甚至都不知道我在后面已经慢慢地松开了辅助她的双手,毫无顾忌地继续转动着那个结构危险的物体。一个小时之后,她自己就能骑到100多米处了。还有什么能比自己学会向前的方法更好的教育呢?我顿时觉得女儿很了不起。

  由此,我突然想起了大山和大海。当年,虽然雄狗大山的第一次性经验有些不熟练,但是即使没有教它,它也掌握了跟大海交配的方法。母狗大海同样也没有学过,但是就这样也生下了八只小狗,并且掌握了哺育它们的方法。此后,从大山、大海这两个小家伙的脸上找不到稚嫩的样子了。它们很快变成了大人的样子,不光样子如此,它们的行动也是一样。之前它们会用撒娇的方式来引起我的注意,现在它们却会用深沉的眼神长时间地注视着我。之前出门回来的时候,它们会从数百米

丛林中的来信

外跑过来欢迎我,现在这个习惯倒是被另外一种方式取代:它们在山上玩耍的时候,偶尔露出身形来欢迎一下我的到来。

虽然它们没有忘记与主人的关系,但它们好像渐渐地开始证明着:这两只小兽,不,是长大的野兽,它们体内流淌着狼的野性。有一天,大海终于惹出事来了——它成功地捕获了一只獐子。我在劈柴火的时候目睹了那家伙捕获獐子的全过程。在屋后的丛林中,被大海发现的獐子开始沿着丛林边缘飞快地奔跑,而大海同样也以疾风怒涛般的气势追赶其后。跑了800米左右之后,獐子还是被大海一把抓到了,它发出了痛苦的叫声,不一会儿声音就渐渐地变弱,后来终于安静了下来。

此后,这两个家伙的身上出现了两个重要的变化:守在客厅门外的时间变短了,去丛林奔跑、玩耍的时间变多了。而我坚信这一变化的根本原因应该是它们无法忘记獐子的热血味道。另外一个变化是大山无法再驾驭大海了。估计是因为在大大小小的狩猎中，有所收获的总会是大海，对于这一点，大山也隐约察觉了出来。

跟女儿去骑自行车的非周末下午，在路上和运动场，我们没有遇到一位跟女儿年纪相仿的孩子。听女儿说是因为他们都去参加各种各样的培训班了。跟那些孩子们不一样，平日的下午女儿总是会像我的幼年时期一样度过。究其原因，部分原因是因为我没有时间和精力送女儿去培训班，但是我也知道自然的力量，也非常相信它的力量。那就是：没有必要急于求成，即使不这么做，万事万物也会顺其自然地找到自己的模样，过上自己的生活。大山和大海没有学过怎样交配和狩猎，而我的女儿不是也没通过书本就学会了骑自行车吗？我觉得我们的生活与这些事情相比并没有多大的区别。

丛林中的来信

人即野兽,自然即书本——我的这种想法很危险吗?即使是那样,这也是我挥之不去的危险想法,哎,这样的想法让我如何是好?

第十一封信

想唱就唱

　　一开始在优良环境中生长的树木会一直要求好的环境。虽然施堆肥有助于它们早日结果实，但是这么做的后果却是：它们忘记了自己努力。

　　我最近忙于造果园——在山房周边的园地里种植柿子树、梅树和枣树。种柿子树的理由是为了收获柿子并为你献上柿饼。另外我想在梅花绽放之际邀请你来采挖

丛林中的来信

野菜,并漫步森林呼吸新鲜空气。静静地欣赏梅花应该也是很不错的,于是我也悄悄地种下了梅树。种梅树还有一个理由:在结满绿色的梅果时,我能轻而易举地采摘一兜为你送到家去。至于大枣,我只想用它们来冲茶,并非常想与你分享。另外,我在果园周围还腾出了几个能够放置多个蜂箱的地方,这样的话,蜜蜂们便可以在最自然的丛林中自由地飞翔,采集健康花朵的花蜜。到了秋季,哈哈,我就会品尝它们通过辛勤劳作而收获的美味蜂蜜。当然,那些蜂蜜我也同样只想跟你分享,因为你懂得蜜蜂的辛勤与花朵的芬芳。当然,我种这些树的最主要原因是它们本身,因为我非常喜欢树,对我来说,它们是生命的气息。

然而,在造果园的时候我出现了一些烦恼。天气不好导致事情进展得不顺利,这是烦恼之一,不过更大的烦恼是在种植这些树的时候,给它们施不施肥的问题。农事同样追求效率,而当单位产量大于投入费用时,就会收获更多的利益。然而，这样的话，不论是家畜还是大树，它们的生命福祉都会被人类无视掉。人们总是习惯性地觉得，如果能用最少的费用，在有限的空间里获取最大的利益，那动植物所受到的痛苦则变得无足轻重。

最近，很多果园的情况也是如此。在有限的面积里，人们尽可能栽种更多的树苗。因为树栽种得越多，产量也会相应地更多。直到树苗变得越来越粗壮，阻碍了周边的树结果实的时候，人们就会砍掉多余的树，让树与树之间保持适当的间隔。这个过程中，人类通过有效的空间利用，得到最大收获的经济学原理，而此时人们心中根本就不存在一种想法：那些被砍掉的树也是活生生的生命。

在种植树苗的时候，给它施堆肥与否的问题也是一样。一开始就施堆肥的话，有助于促进树木早期的生长，不过那些树学会自我生存的时间就会被推迟。换句话就是：一开始在优良环境中生长的树木会一直要求好

丛林中的来信

的环境。虽然施堆肥有助于它们早日结果实，但是这么做的后果却是：它们忘记了自己努力，我们很难尝到它们战胜贫瘠的土壤甚至是与土壤和解后而结下的果实。

今天，我解开了心中的烦恼——我决定相信将会种在那片果园里的每一棵树。即使它们一开始会经历困难，但我还是决定要耐心等待它们能够自己歌唱的日子。理由很简单，因为我唱过两种不同的歌：一种是在别人要我唱一首歌的时候，我不好意思推辞，怕破坏了气氛而勉强去唱的歌。另一种是在漫步丛林的时候，自己不由自主哼唱出来的歌。我十分明确地知道两者之间的差异。虽然我是一个五音不全的人，但是我知道歌曲中最好听的歌莫过于发自内心地想歌唱时不由自主地哼出来的歌。所以我决定把树苗种得很稀疏，然后一边种树，一边跟它们这样窃窃私语：

"树啊，歌唱吧！歌唱自己吧！"

第十二封信

我人生中的第一个柱子

一只蜜蜂为了在正六边形的蜂窝中填满蜂蜜,至少要采集 8000 朵花的蜜。我只愿意向那些懂得蜜蜂辛勤工作的消费者销售蜂蜜,他们需感激蜜蜂的劳苦,懂得品尝 8000 朵花的香气。

修建过房子的人都应该知道,建房子最为重要的工程是完成房子的构造,即完成骨骼的过程。房子要有基

丛林中的来信

地、基石,还要有支撑屋顶的柱子。在基地上立起柱子,上梁,并盖完屋顶之后,剩下的工程就变得轻松多了。即使刮风下雨,屋子也可以在已经形成骨骼的构造下屹立不倒,而我要做的就是完成剩下的工程。砌墙、安窗户,根据自己的喜好装饰房子内外部,这些事情让我有足够的时间去慢慢地完成。

我们的生活在很多方面都是和搭建房子是一样的。生活同样首先要有吃住的基地领域,而在有了属于自己的"基地"之后,我们就要支撑想要的生活,竖起生活的"柱子"。曾经把城市当成"基地"的我,在40岁开始了寻找新"基地"的旅途,而丛林和土地就是我的新基地。我决定在那里竖起三根柱子,以达到支撑我生活的目的。今天,我就想跟你聊一聊我的第一根柱子。

我人生中的第一根柱子是实现美丽的"农夫生活"。我所设想的美丽的农夫是健康的农夫,不会为了获取更多的商业价值而去剥削土壤、破坏生态系统,我甘愿去做一个遵循自然规律的农夫;我想成为遵循大自然的秩序和循环原理的农夫,而不是依赖农药和肥料的农夫。若想让它成为我人生中极为重要的柱子之一,我首先要喜欢上这件事情,还要力图证明通过那种方式我能够维持自己的生活。这样的话,我需要了解土壤,还要了解在地上生长的农作物。当然必不可少的,我还要了解与它们一起生长的邻居——杂草。除此之外,我还要了解与农作物有着亲密联系的昆虫和鸟类,当然还包括其他的生命形式。上农业梅斯特(Meister)大学已经有两年了,我依然在尽可能地多去了解土地。这几年我一直在深入研究生命持续的原理——生物链,这些都使得我懂得的东西越来越多。

想要过上农夫生活的我,所付出的这些努力都通过某种方式得到了实现。当然,其中的关键因素是要得到"善良的消费者"的支持——虽然卖相难看,但是仍然

丛林中的来信

有一大部分消费者认可大自然馈赠的农作物有着健康的味道。他们不认为农产品和工业品相同，而且十分反对农产品的价值也是通过最终价格来决定的这一观点。他们认可土壤和阳光、风和水以及其他许多生命共同酿造出的无形价值。那些懂得感激这一切来之不易的消费者，无疑是我的上帝，同时更是我的朋友，当然，他们也是自然的朋友。

通过一两年的实验，我选择了自己十分有信心的农业。今年，我打算主营土蜂蜜制造，我决定在丛林的周边放置30多个蜂箱。在这种规模下，在不剥削蜜蜂的前提下，我可以收获的蜂蜜量大概是60升（约140千克）。我想把其中的50升销售给善良的消费者。一只蜜蜂为了在正六边形的蜂窝中填满蜂蜜，至少要采集8000朵花的蜜。我只愿意向那些懂得蜜蜂辛勤工作的消费者销售蜂蜜，他们需感激蜜蜂的劳苦，懂得品尝8000朵花的香气。另外，我计划明年扩大蜜蜂的养殖规模，还有苳葱的种植面积。来年，我还要多种植一些柿子树和梅树，以便多多收获柿饼和梅果。还有，我也想举办几次赏梅活动，邀请更多的人来体验采摘春野菜和苳葱的农村生活乐趣。

　　成为农夫的梦是为你而做的，是为了在你的餐桌上多出一道纯天然的野菜：这些菜是在自然的神奇力量下，凭借着我自己的努力，用我辛勤的汗水浇灌成长的野菜。同时那个梦也是为我自己而做的，即过上不需要欺骗谁也能活下去的生活。我也相信这个梦想会持续下去的，只为了与你分享用我的汗水换来的收获物，只为了让那种快乐被更为长久地分享。

丛林中的来信

📩 第十三封信

一定要守住的精神

　　做一名农夫是支撑我生活的柱子之一。
以写书为乐的生活同样也是一根柱子。

　　三月（阴历）晚春是清明谷雨节气
　　春暖万物复苏
　　百花齐放，百鸟争鸣
　　……
　　在插那些柔弱的秧苗时，就像呵护小孩子

一样小心翼翼

　　种水稻可不是一件容易的事情

　　……

　　挑选优良的种子改品种

　　犁好大麦田之后，整好秧

　　在山野种庄稼的同时，种植蔬菜

　　在篱笆下种南瓜，屋檐下种葫芦

　　在墙的附近种下冬瓜，插上木棍，让它的
茎盘着木棍向上

　　分别种上萝卜、白菜、冬葵、生菜、辣椒、
茄子、大葱、大蒜

　　不浪费一寸土地

　　割来柳条，制作篱笆

　　圈住鸡和狗，蔬菜自然会长得很好

　　黄瓜要多施肥

　　它可是乡村夏季的主要饭菜

　　看桑树，到了养蚕的季节

　　妇女们，精心致力于蚕农吧

　　清理蚕室，准备好各种工具

　　鱼篓、刀、案板、箩筐

　　要特别注意除去所有的异味

　　……

　　　　　——丁学游，《农家月令歌》

丛林中的来信

这是《农家月令歌》中"三月令"的部分内容。《农家月令歌》就如字面意思,是把农家每个月要做的事情以歌词的形式编写而成的书籍,它是以阴历为基准编写的。之前在历史书中我只扫过一眼它的标题,没有细读过书中的内容。在一次偶然的机会下我接触到了这本书,在我读每个月令的时候,真的让我忍不住地感叹啊!

在讲述每个月重要的自然变化的时候,结合24个节气,书中介绍了农民要做的事情和应注意的事情。它还以每个月的自然为主题,讲述享受大自然馈赠的智慧等。尽管书的内容并不算太长,但在阅读的过程中,我仍觉得这是对一个农夫来说必不可少的书籍。今后在做农事的时候,我要更多地参考这本书,以免忘记每个月都要做的事情。

关于《农家月令歌》的作者有两种说法。一种说法是由光海君时期的高尚颜撰写的，还有一种说法认为丁若镛先生的次子丁学游撰写了此书。近来第二种说法得到了更多人的认同。我觉得比起"本书的作者是谁"这个问题，更为重要的是写这本书的作者的精神。这本书一定不是只坐在桌前写出来的。比起专注于立身扬名或者满足玄学之乐的行为，本书的作者在写作时，一定怀抱着有助于百姓生活的积极向上的想法。同时为了写这本书，他本人也一定过了几年田园生活，一定长期观察过百姓们的日常生活和大自然的种种变化。作者在看到了农民的朴素幸福，目睹了他们生活中的悲与欢并深入地了解之后，他把每个月要做的事情、要特别注意的事情以歌谣的形式写了出来，并把劳动升华成了一种歌曲形式，再借由歌曲转化为对生活所怀抱的积极向上的态度。

在前面说过，做一名农夫是支撑我生活的柱子之一。以写书为乐的生活同样也是一根柱子。我觉得为了让务农、写书的生活变得真正美好,人们要学会写出像《农家月令歌》这样的书籍。今天翻阅着古老的书籍,我学到了这种想著书立说之人应该持有的精神。

第十四封信

在星光下种树的理由

> 如果失去可以恢复到原来面貌的能力，就只能面临再也无法挽回的局面。希望你的生活处于可恢复范围之内。

今天我在星光下种了一棵树。事实上，前天我已经种了400多棵树，但是我忘记了种好其中的三棵树，并且就让它们在烈日下暴晒了两天。或许因为这半个月以来，我过得实在太过忙碌而导致注意力下降的缘故。这

丛林中的来信

段时间我做了很多农活，身体实在疲乏至极。在外面忙碌一天，晚上回到家后，在匆匆地吃完饭生火热炕的时候，也是因为身体疲惫，我还想过就此放弃那剩下的三棵树。

不过，我还是拖着疲惫的身体出去种树了。在星光下种树的理由很简单，我一直设想着：过了今晚之后，那些树就会枯死。因为我明天大早就要出门，这样看来白天肯定没时间种树，这样一来被放在烈日下整整五天的三棵树能存活的可能性便十分渺茫。

通过长期的观察，我发现树有着惊人的恢复能力。即使剪掉几根树枝或是树根，树依然会生长出新的树枝，萌生出新的树根。我们都知道根部被剪掉一些的树苗在包裹好根部的状态下，即使存放很长时间之后再种到土壤中，只要浇上水，树苗就会重新复活，在土壤中牢牢地扎下根来。

不仅树会如此，每一个生命都有着独自克服不稳定状态的能力。我们患上感冒是为了恢复那变得不太稳定的身体状态，这是一种身体反应，这种观点简单而明确地解释了身体的恢复能力。不过，某个生命到了完全要丧失其能力的状态，那就很难再恢复到稳定的状态了。我见过多次有着严重抑郁症的人把自己逼到无法挽回生命的地步。跟身体一样，我们的心灵也要在能够恢复的范围内波动。因此，知道让每一个生命都维持可恢复力是十分重要的事情，我再也不能对那些渐渐枯死的小树置之不理。因为觉得明天一切都会来不及，所以我丝毫不顾天色已晚，依然在星光下种了那三棵树。

如果严重缺水，那些树干细胞内的原生质就会完全分离。这样一来，树苗就会面临死亡的危险。我们的身体和心灵，还有我们生活着的地球，在处于恢复范围内的时候才会维持着健康。与自然有关的一切都是如此。

丛林中的来信

如果失去可以恢复到原来面貌的能力,就只能面临再也无法挽回的局面。希望你的生活,还有我们生活的地球都处于可恢复范围之内。

第十五封信

不应该送走的榉树

很多人都在榉树被挖运走之后才知道,那棵老树对自己,还有对整个村子有着怎样的意义。

我生活的山房很偏僻,偏僻到在任何一个车载导航仪地图上都显示不出来。因为我所在的地方并没有在地图上标注出公路来,只有通过狭窄又凹凸不平的原始小路才能抵达,所以当有人问我山房的位置时,我会先犹

丛林中的来信

豫一会儿，之后便让他们先到山下村子的敬老堂。到了敬老堂之后，再告诉他们走到大榉树下的岔路，然后，从那里沿着路边的电线杆一直到最后一根电线杆处就可以。由此可见，敬老堂、大榉树以及电线杆就是到达我的山房的必要路标。

然而就在昨天，我却失去了指明我的小屋方向的一个重要路标。在我从外地回家的途中，我吃惊地发现之前的榉树消失不见了。我听人们说是村子的某个人把那棵树卖掉了。就在那时，我收到了空余时分一起学习丛林生态知识的一位村里大姐发来的短信：

"老师，在人类的金钱欲望下，我们又失去了村里的一棵巨木，对此我感到十分心痛。"

失去路标的我，心里本来就不是滋味，看到心地善良的大姐发来的短信时，我感到更加纠结难过了。听村民们说,村里有一位大哥对此事感到十分气愤,向政府告发了运走榉树的公司,但是由于那棵榉树生长在个人所有土地的边界,所以没有相应的法律来阻止他们运走树木。不过,他们在挖掘大树的时候破坏了公路,那位大哥只能通过阻止破坏道路的方式来阻止可恶的公司来砍伐树木。

听说那棵榉树足足有100岁了,想必它此前已经历过不少磨难。这片地的主人多次要把那棵树砍掉,其中的原因可能是认为随着榉树的生长,它一天比一天粗壮高大,遮挡住了阳光,阻碍了田里庄稼的生长。我记得它在不久之前就曾丧失过一根大树枝。虽然失去了一只"胳膊",但是它并没有失去幽静的气质。

那棵榉树的去向我不清楚,总之它永远地离开了这里。榉树被挖掉的地方只剩下一个大坑,而这大坑的出

丛林中的来信

现使得旁边的道路遭到了破坏。卖掉那棵树的某位大哥肯定拿到了一笔钱；运走那棵树的某园林绿化公司赚的钱肯定比那位大哥赚到的还要多好几十倍；买了那棵树移植在小区某处的某君一定会为自己创造了绿化环境好的小区而感到心满意足。就这样，一棵榉树变成了对我们的社会引发诱导效应的财物。经济把有资金往来的所有商业交易视为分析增长率的资料。因此，作为指明方向的路标矗立着的、没有多大用处的一棵榉树就这样为韩国的GDP成长做出了贡献。

然而，很多人都在榉树被挖运走之后才知道，那棵老树对自己，还有对整个村子有着怎样的意义。榉树可是他们幼年时期玩耍的场所，村里的每个人都至少持有一个与榉树有关的故事。有的人在榉树下玩过士兵游戏；有的人在那里偷偷地谈情说爱；那里还是在夏季干活累了、坐在阴凉的树荫下吃个便饭歇息一会儿的好场所；那里更是老人们坐下来聊天的好场所。他们应该明白这样一个事实：那棵大树在起重机的帮助下装载到大卡车上，依依不舍地离开村子的那一刻，他们的美好记忆也就这样被挖走了、被卖掉了。

丛林中的来信

✉ 第十六封信

若想听到鸟儿的歌声

若想听世间最动听的鸟儿们的合唱，就请你到这片丛林中走一走吧。

你有过忽然很想听鸟儿歌声的时候吗？若想听世间最动听的鸟儿们的合唱，就请你到这片丛林中走一走吧。清晨和傍晚时分是最佳时机，此时无数只鸟儿都会有自己的主打歌，这些歌声混在一起，将会为你呈现一场精彩的听觉盛宴。你会不知不觉地被鸟儿们的合奏迷住。你只要到柿子园上坡,在有一棵柳树的地方稍微闭上眼睛静静地站上一会儿,你所有的紧张情绪就都会烟消云散,欲望的污垢也会被统统冲走。你会有一种经历再一次重生的感觉。或许你会真的产生打开钱包,有一种想要向大自然表示谢意的冲动也说不定呢。

果真如此?那当然了,我可没有半句谎言。在山房前后种满还不是很高的树之后,鸟儿们的歌声变得更加清晰、更加动听了。这真的是一个无比神奇的经历。说到变化,其实也只有在以前种庄稼的地方,以三至四米的间隔种上了柿子树和枣树、梅树等而已。并不是那些成为背景画面的广阔丛林此刻离我的山房更近了,也并不是那里出现了什么大变化,但是现在却能更加清晰地听到鸟儿们的歌声了,多么神奇啊!

最近每到早晨,我就可以看到一只可爱的灰喜鹊,这只灰喜鹊有着一头乌发,穿着一身用灰色毛和蓝色毛

丛林中的来信

编织而成的毛衣,它总是在树枝上先坐一会儿,然后飞到地上觅食、喝水、玩耍,这样欢快的情形总是被我尽收眼底。之前在我的房子附近,只是有些山雀和北红尾鸲在灌木丛附近逗留片刻,然后扑棱棱地飞走。不过最近,竟然有很多鸟类都会飞跃丛林和园地界线,飞到园地里来坐一坐,多到让我难以分辨它们的种类。因此在大清早和晚上,只要出门,就能听到从近处和远处传来的鸟儿们美丽动听的歌声。

在农活繁忙的时期,开始新的一天时,如果能够听到鸟儿清凉的歌声真是无比幸福的事情。同时,它们还会帮我在没有打农药的园地里捕食害虫。

我想起了一位丛林老师曾经说过的话,他总是以开玩笑的形式让我领悟到许多深刻的道理:

"想在你生活的城市里听到鸟儿的歌声吗？方法其实很简单啊：在你生活的社区附近种上树吧，种上更多的树吧！"

第十六封信　若想听到鸟儿的歌声

第十七封信

真诚的道歉

现在正是蜜蜂们繁殖后代、选择分家和独立之际。樱花像花雨一般飘落,山莓绽放的花朵渲染着碧绿的草丛,此时它们开始迅速扩大着自己的群体。

嗨,最近实在忙得不可开交。从上午10点到下午5点,我一直都坐在柿子树的地埂上观察土蜜蜂的一举一动。那些可爱的土蜜蜂真是非常勤劳啊。我从外面看不到蜂房的内部，这些蜂房其实是长方体的木箱子，它们的长和宽为25厘米、高为7厘米。我估计蜂箱里面有很多正六边形的蜂窝，而且蜂窝里还会有蜂蜜，说不定还会有正在养育中的幼虫或者是下一代的蜂王！蜂箱的出入口是能够目睹蜜蜂勤劳工作的最佳场所。通过这扇门，采集蜂蜜和花粉的工蜂们频繁地进进出出，而防止敌人入侵的看门蜜蜂则负责站在门前，一直坚守着自己的阵地。

现在正是蜜蜂们繁殖后代、选择分家和独立之际。樱花像花雨一般飘落，山莓绽放的花朵渲染着碧绿的草丛，此时它们开始迅速扩大着自己的群体。我从今年开始正式养殖土蜜蜂，这一年，我把蜜蜂养殖中最为重要的事情定位为让蜂王和它的追随者们寻找新的巢穴，把它们安置在空蜂箱中。从一个蜂箱中我可以收获大概50万韩元到150万韩元左右的蜂蜜。今年我的养殖基数是13桶，其中6桶是从去年开始养殖的蜜蜂，还有7桶是今

丛林中的来信

　　年4月下旬新购买的蜜蜂，不知不觉，我的蜜蜂已经增加到21桶了。

　　可问题是我每周有一两次的外出演讲。最近每天都有一两桶的蜜蜂进行分蜂，由于自己一个人生活在山中，如果进行分蜂时家中没人的话，我就没法把它们安置在蜂箱中，这样就会受到相应的损失了。昨天也是外出演讲的日子，我一大早就出了门，直到很晚才回来，没办法，我在出门之前，只能以十分迫切的心态向蜜蜂搭话：

　　"我的蜜蜂朋友啊，今天你们能不能不分蜂，等到明天再分蜂啊？明天我就不去听农业大学的课了，留在家里给你们安置新家好不好？如果你们把家安置在山里别人家的空蜂箱中，那到了秋天，你们的蜂蜜就会被抢光的，说不定连性命也保不住啊。留下来，与我一起生活不是更好吗？我可是把你们视为自己的生命一般啊！"

我对它们说出这番肺腑之言之后，便出门去演讲了。

进行分蜂的蜜蜂大部分都会先集结在附近的树上。这时农夫如若不给它们安置新家的话，它们就会飞到事先看好的山中的空蜂箱或者树洞、岩石缝中去。等结束演讲之后，我匆匆地赶回了家，不过那时已经过了晚上7点了。不管怎样，我还是抱着一丝希望，去蜜蜂经常会集结的几棵榉树周围看了看，可惜我没有看到蜜蜂。真不知道它们是没有进行分蜂，还是已经飞到山中去了。不知不觉天色已经暗下来了，我站在最后一棵树前，以半分遗憾和半分担忧的心情转身的瞬间，突然看到了一群黑乎乎的蜜蜂一动不动地聚集在高高的树枝上。我不由得说出了这句话：

"谢谢你们，蜜蜂。真的太谢谢你们了，蜜蜂。"

丛林中的来信

我马上爬到树上去了。拿着空瓢反反复复地说:"跟我一起生活吧,蜂儿们。谢谢你们!"通常这么做的话,蜜蜂会自己飞到瓢子里。然而,一直到天黑为止,我一边喊,一边为了让它们到瓢子里下足了功夫,可惜它们仍然在树上一动也不动。我在树上不能摇晃树枝,为了不让自己从树上掉下来,只好摆好姿势保持平衡。汗珠开始流淌下来,肌肉也越来越酸痛了,肚子也咕噜噜直叫。没办法,我只好从树上爬了下来。下来放松一会儿之后,我不甘心,再次爬到树上去,然后开始央求那些宝贝蜜蜂:

"蜜蜂们,真的很对不起。你们在树上待了很长时间吧?也很累了吧?我都明白。希望你们理解我不得不出门的理由,赶紧回家吧。真的很对不起。同时衷心感谢你们等我回来。"

我向它们真诚地道了歉,而此时令人难以置信的事情发生了：蜜蜂们竟然开始动了起来，在短短10分钟内它们就全部飞到了瓢子里。我小心翼翼地把它们装到了事先准备好的空蜂箱里，这时夜空中已经布满了星星。

或许你会觉得跟蜜蜂说话、还向它们道歉的我有些古怪。不过如果你也在与无数个生命平等的立场上生活，恐怕你会明白我的做法。较之于人类来说，感激和歉意会更容易传达给不会说话的生命。有了一两次的这种经验之后，我知道你也会成为大自然的一部分，深深地融入自然之中。

第十八封信

本能

> 当一个生命拥有独立生存能力的时候就会更少畏惧,不会犹豫不决。

分蜂的蜜蜂装箱之后,过了几天,有几个蜂箱里的蜜蜂全都飞走了。看着这一情形,作为农夫不知道有多心寒。我想只有经历过的人才能理解我此刻的心情。每当看到那些种植在院子一角的几棵生菜中被小狗踩踏的一棵变得枯萎时,我都会心疼不已,何况是只能眼睁睁地看着自己辛苦装箱的蜜蜂成群离开的场面，那种心痛是没有任何办法可以与之相提并论的。

我默默地打开了它们离开之后的空蜂箱。它们为什么要选择离开呢？天马上就要下雨了，就那么一走了之的话，为了寻找巢穴和食物的它们，势必要挨饿一段时间，尽管如此，到底是什么原因让它们离开这里，选择了艰辛的山中生活呢？说严重一些的话，我甚至有种被它们抛弃的感觉。看着用心把蜜蜂们喜欢的蜜蜡融化好之后事先层层涂抹过的空蜂箱，它们只在那里住了三天就毫无眷顾地离开了。望着它们离开之后空空荡荡的蜂箱，我实在找不出特别的原因来。

为了弄明白到底是什么原因，我请教了在村里有着多年养殖蜜蜂经验的前辈。根据前辈的解释，并不只是我的蜂箱出现了这种状况，这几天村里好多人家的蜂箱中，有很多蜜蜂都逃走了。他分析说有可能是因为干旱导致了蜜蜂的逃离。因为持续的干旱,蜜蜂们会感觉无法安定下来。尽管被抛弃的人不只是我一个,但是我并没有得到什么安慰,我想知道导致它们离开的根本原因。

苦恼几天之余,我推断在蜜蜂飞走的四个蜂箱中,其中有两个原因是因为蚂蚁。那两个蜂箱周围都有蚁穴。虽然早就知道蚂蚁进进出出蜂箱,但我并没有给蜜蜂采取隔离措施,这样看来,导致蜜蜂成群离开的决定性原因很可能是因为这些蚂蚁。剩下的那两个蜂箱的蜜蜂飞走的原因或许就如前辈所言,是干旱所致。这一时期的干旱大多出现在山莓花凋谢、丛林的蜜源暂时性供给不足的时候。

已经筑巢安定下来的蜜蜂可以吃着储藏起来的蜂蜜和花粉,等待着其他花朵的绽放,然而只准备两天的食物,进行分蜂的蜜蜂们并没有合适的度过这"蜜月"不足期的方法。因此它们在丛林中寻觅了两天之后，决定飞到蜜源丰富的地区，故而就这样离开了这里。

　　这么一想我心里舒服多了。根据它们的本性，凭借本能的力量生活而离开，这么理解之后我反而觉得这是万幸的事情。西方蜜蜂只要偶尔给它们食物，维持一定的温度即可，然而土蜜蜂与它们的养殖不同，它们具有强烈的野性。虽然土蜜蜂成群生活的规模较小，但是它们是要独自躲避严寒、应对酷暑的。当一个生命拥有独立生存能力的时候就会更少畏惧，不会犹豫不决。现在我只希望飞走的那些蜜蜂靠它们的本能筑造起新的巢穴，过上美好的生活。

第十九封信

有勇气的人

我觉得真正有勇气的人是对自己正直的人——感到畏惧时就会说出来，不会刻意隐藏；虽然害怕得浑身颤抖，还是决心要大胆地向前迈一步。

5月份，我过得格外忙碌。尽管我做的农活量跟别的农夫相比是微不足道的，投稿量和每个月的演讲次数也少得可怜，不过或许是因为分蜂的蜜蜂，我才会那么忙碌吧。5月,整个月份我都没能静下来自省一番。

这个月,我没有看到那些在丛林中绽放又凋谢的花朵,也不记得布谷鸟重返丛林歌唱是什么时候了。甚至,我在接到熟人结婚的请柬时也没能去参加。5月份就这样转瞬即逝了,没能正视自己的生活,让我在内心中觉得自己格外懦弱。6月份,我一定要过得更勇敢一些。

我曾经在书上看到过:对于"有勇气的人",通行的解释往往是拥有勇往直前的气魄,或者是拥有毫不畏惧的气概的人。然而我觉得真正有勇气的人是对自己正直的人——感到畏惧时就会说出来,不会刻意隐藏;虽然害怕得浑身颤抖,还是决心要大胆地向前迈一步、从而付诸实践的人。这样的人才是真正有勇气的人。

有的时候,就像我的5月份一样,人们会因为心中的贪欲萌生而想做些超乎自己能力之外的事情。那种时候

丛林中的来信

相较于在贪欲的驱使下毫不犹豫地动手，当时不急于马上动手、忠实于原本的现实条件和本来的自我，努力地提高自己能力的人才是有勇气的人。有着敢于倒掉过度的贪欲和畏惧之心的人，这样才是真正有勇气的人。

6月，我希望你也成为一个有勇气的人。

📩 第二十封信

为你准备的椅子

当你的生活漂泊不定、杂乱无章,让你无法承受、无法支撑下去的时候;当你为了分享我的这一经验而拜访这片丛林的时候,我会很乐意为你让出那把开启心灵之门的绿色椅子。

昨天,好不容易才恢复了平静。因为昨天是进行地方选举的日子,这段时间那一直打破丛林宁静的喇叭声

丛林中的来信

音,直到此刻才完全消失了。结束投票回家之后时隔好久,我整个下午都坐在丛林中看书。我坐在蜂箱后面,那里有潺潺的泉水,旁边还有一棵喜水的高大柳树。

蜜蜂们分蜂的日子,我就会坐在那里看书。于我而言,那里犹如是医院、是图书馆、是寺庙。我静静地坐在那里,丛林的声音和香气会随着和风一起渗入我的体内,让我萌生出自己完全融入丛林的感觉。勤劳的蜜蜂们扇动翅膀的声音、风儿拂过树叶的声音、鸟儿们的歌声……虽然每一种声音都有自己的特色,但它们混合后发出的那十分协调优美的声音,这可是任何喇叭都无法模仿和比拟的乐音。这个时候,在我能听到的鸟鸣声中,四声杜鹃寻找自己另一半的声音是非常有趣的。只可惜,我并不能用文字来完全表达它们那独特的声音。

洋槐花凋谢的最近一段时间,丛林中最香的莫过于红刺玫的香气。那香气的魅力十分浓烈,以至于让人完全理解张士益（Jang Sa-ik）老师的歌曲《红刺玫》中所含的凄凉究竟源自何处。神奇的是，那时的我，感官完全开放，尽情感受着这一切的外在刺激，而与此同时，书中的文字也可以井然有序地进入我的大脑。

你在"你的世界"中的何处？给你的时间已经过了几年又几天，你到了"你的世界"中的何处？

这是法顶禅师的《小木屋的来信》中的一段内容，我放声读了10遍左右。因觉其内容太深奥、太充实，我合上书本，慢慢地闭上眼睛静静地坐着。瞬间，丛林中的一切声音都消失了，所有的香气也都相继消失了。紧接着，连我自己也消失了，我走近丛林中的一切事物的旁边，触摸它们，最终与它们成为一体。这种感觉，真是时隔好多年后再次重新体会到的神奇啊。

当你的生活漂泊不定、杂乱无章，让你无法承受、

丛林中的来信

无法支撑下去的时候;当你为了分享我的这一经验而拜访这片丛林的时候,我会很乐意为你让出那把开启心灵之门的绿色椅子。

📩 第二十一封信

跌倒的经验

世上有很多人因为害怕跌倒而无法走自己的路。然而，跌倒的经验才是生活中现实的一面，肯跌倒的人生才是真正富有生命力的人生。

我被蜜蜂蜇了个正着。为了把分蜂的蜜蜂装箱而去取工具，路过其他蜂箱前的时候，我被蜜蜂蜇了额头的正中央。因为事情发生得太过于突然，一开始我只以为

丛林中的来信

是蜜蜂轻轻地咬了一下我的额头——此刻我只想着是为了去采蜜极速飞行的某只蜜蜂为了探索阻挡自己去路的某个物体,仅仅是用腿触摸了我一下、小咬了我一口而已。因此,我像个木头一样站在原地没有动,只是等待小家伙静静地飞走。因为在通常情况下,发起攻击的蜜蜂看到对方静止不动的话,它就会悄然飞走。

我就那样一动不动地站了大概有20秒的时间,我感觉到有一点诡异的事情发生了。小家伙用力地扇动翅膀,我感觉到它是想飞走,但是却无能为力。蜜蜂只要蜇过别的东西,哪怕仅仅一次,它就要结束自己的一生——这是因为,当锋利的针刺入某人的皮肤时,与针连接的内脏也会一起被拉出来。蜜蜂扇动翅膀的声音终于停了下来,蜜蜂也消失不见了,唯独在我的额头上剩下了带有蜜蜂部分身体的针。

恰好那时,我有客人来访,于是便让那位客人帮我拔下了针，然后把分蜂中的蜜蜂全都装了箱。在那过程中，我感觉到呼吸有些困难，脸部一直火辣辣的。做完那些事情，跟客人喝完茶之后，我定睛照了照镜子：天啊，我看到镜子里面竟然出现了一个陌生人，就像一个在擂台上被对手打得很惨的拳击选手。即使如此，我还是没有忘记拍下自己的模样。不知从何时开始，我有了想拍下自己苦相的想法，那时我突然也产生了拍下自己浮肿的模样留作纪念的想法。

要马上去某大学进行演讲，回过神后我便开始担心起来。没办法，我只好去市里的医院，在屁股上打了两针。尽管如此，医生还是跟我说浮肿完全消下去，可能需要几天的时间，于是我只好肿着脸去演讲了。刚开始的时候我站在讲台上觉得很尴尬，有点羞愧。不过，演讲结束之后，从听众们的反馈中，我发现因为我的浮肿，听众们反而感受到了我的真实生活，由此他们发出了更为真挚的称赞。他们说通过我这张脸能够感受到成为丛林的一员、过着崭新生活的40多岁男子的真实生活，这是很不错的经验。

对我而言，把进行分蜂的蜜蜂装箱的事情是一大乐事。看着不停地建新的房子、用采集的蜂蜜和花粉养育自己的后代，渐渐地变成强群的蜜蜂，观察它们也是乐事之一。那是因为在一个蜂箱中的蜜蜂们生活到了晚秋季节时，我能从它们那里得到2升左右美味的蜂蜜。不过，在养殖蜜蜂的过程中，今天却绊了一跤，被蜜蜂蜇了个正着。如若是以前的话，我会犹豫一阵子才靠近蜂箱，不过对于现在的我来说，反而会上前一步，仔细地观察那些蜜蜂的一举一动。这件事情成了让我进一步深入了解蜜蜂在怎样的情况下才会舍去自己的性命来阻止陌生动物靠近的契机。

世上有很多人因为害怕跌倒而无法走自己的路。然而，跌倒的经验才是生活中现实的一面，肯跌倒的人生才是真正富有生命力的人生。

📩 第二十二封信

打破平凡

　　她比任何人都喜欢花草，又比任何人都努力地去观察它们，就是这种看似平凡的喜好，让平凡的她变成了伟大的女人。

　　我又去了一趟青山岛。这次我跟一位女士在那里度过了三天四夜。今天，我想聊一聊关于那位女士的故事。她的相貌极其平凡，比我大3岁。再过两三年就到50岁的她，现在仍充满少女的感性。

丛林中的来信

我们花了两天的时间徒步走完了一段美丽的路线，那里是被指定为慢城（Slow city）的莞岛郡青山岛。我们决定观察青山岛徒步旅游路线中可观察到的人文和自然资源。这里面有一个小小的原因：我们决定要一起完成制作"在慢路上遇到的青山岛生态文化图鉴"这个项目。

大部分的路线我们都是徒步行走的，只有一小部分路段是坐车完成的。在此过程中，她在每一瞬间体现出来的分辨能力都让我感到十分惊讶。每到一个地方，她都能够分辨出那里生长着的所有植物。在村子的水池边生长的植物，在河边生长的植物，经历一次山火灾害之后、正在复原中的野草，在村民们的房屋和寺庙生长的植物，她都能把它们的名字娓娓道来，并且还把它们的名字一一记在了本子上。太阳落山后，在我们坐车的途中，她则快速地记下了透过窗外看到的路边的植物。在植物的名称和植物的分类方面,她可以称得上达到最高境界了。这也没什么值得大惊小怪的,因为她早已发行过两本图鉴,写过三四本关于植物的书籍。不仅如此,她还作为通过新村文艺登上文坛的新锐童话作家发表了几本童话书籍。在此领域,她已经是登上最高殿堂的专家级人物了。

不过,她曾经真的只是一个极其平凡的人。在执行这次项目之前,我翻过她的履历,直到38岁为止,她都是一个平凡的家庭主妇。虽然我并不清楚是什么契机让她把每周星期三定为赏花日期,跟那些情投意合的主妇一起到丛林中去了解各种野草。

多年以来,她遍访了山野里的各种野草,并一一记住它们的名字,后来终于出版了一本叫作《花草朋友,你好》的书籍。接着,结合一直以来积攒的花草照片和花草知识,她又发行了《口袋里的花草图鉴》。此外,在

丛林中的来信

参加赏花聚会时,如若在山里遇到挖野菜的老人,她都会走过去跟他们聊天,获取新的知识。以此为机,她又以通过这种方式获得的知识和智慧为基础,出版了《口袋里的野菜图鉴》。

我就是借助于她所写的花草图鉴,开始一点点地了解丛林植物的。虽然之前我并没有跟她见过面,但她就像是我的野草老师一样。我们第一次见面是在我发行《向丛林问路》之后,她与赏花聚会的成员们一起造访了我的山房。心目中的老师这次作为我的读者来到了山房,当时我激动地为她签了名,同时我也让她在我珍藏多年的她的图鉴上签了名。我的这些举止是我对她的一种敬意,为她出版的书籍所容纳的伟大知识和巨大财富所表达的一种敬意。

现在的她依然是一位相貌平凡的女人,不过她的名气却很高,全国各地都邀请她演讲。不仅如此,平均每年她都会推出一本书。此外，她还扮演着主妇、儿媳、母亲的角色。尽管如此，我知道她并不是一个追求平淡安逸的生活的人。

跟她在一起的四天时间，我终于弄明白她摆脱平凡的原因。那就是做自己喜欢的事情，让自己一直维持欢喜的心态。她比任何人都喜欢花草，又比任何人都努力地去观察它们，就是这种看似平凡的喜好，让平凡的她变成了伟大的女人。难以置信的是，最近出版植物图鉴的很多人都是像她一样的非专业人士。喜欢做某事并一直坚持下去，一直看到这件事的伟大之处，怎么样，难道你不想经历一下吗？

丛林中的来信

✉ 第二十三封信

当生活陷入困境时

不要在原地腐烂，这样只会把周围弄得臭气熏天。然后，在时机到来之后再次铿锵有力地踏上旅途。

来我的小屋的路上有一个很深的洼地，发源于小屋南侧丛林山峰的水流，若想进入达川抵达汉江的话，则一定要经过这个洼地。车辆和农业机械经过的过程中导致的土壤变形，加上两支水流汇聚而堆积的沙石，让这个洼地有了更高的坝。正因如此，源于这片丛林的水往往会在这个洼地休息片刻。不，应该说源于各地的水流沿着斜坡流淌下来到汇入大海的过程，就像是这片丛林的水流一样，途中一定会遇到无数个洼地。而当水流遇到了其深度超过自己向前的动力的洼地时，便会被困在洼地中。水总是想着要去流淌，那是水要行走的路，是它的本质，然而水也会遇到某种障碍，也会困住。

我们的生活也不会一帆风顺，难免会遇到陷入困境的时候。生活中一定会有不管怎样挣扎也脱不了身的、就像是掉进深深的泥潭一样的时候。如果此刻还没有遇到过这种情况，那你是一个幸运的人。不仅如此，我们一生中一定会遇到一两次看不到一线希望、眼前一片迷茫的绝望时期。换句话说，我们的生活中总会有因为与自己意志无关的某种强大的力量，致使生活完全陷入困境的时候。

丛林中的来信

你是否也有生活陷入困境的经历呢？是否陷入过单纯借助自己的力量怎么也无法脱身于泥潭的时刻呢？那么，你是怎样度过那一段时间的呢？是心灰意冷、唉声叹气，在眼泪中度过每一天，还是向别人诉说自己的遭遇？或者是每天都在抱怨、不去面对现实呢？

虽然我的人生经历还不算很长，但我经历过一两次那种时刻。当时的我非常的愤怒、绝望、痛苦。埋怨过别人，也否定过现实，还拼命地挣扎过，但是我还是未能脱身，反倒使自己的身体更加疲惫，内心受挫，让自己坠入到无止境的孤独中去了。

经历一两次绝望之后我懂得了省察自然和生活，于是我整理了一下当生活陷入困境时，让自己快速摆脱出来的方法。当然，这只是我个人的经验、经历，可能会缺少一些普适性，但我抱着或许对某些人能够起到一点点帮助的想法，把这些微不足道的经验写到了这封信中。

承认困在洼地中的时间也是我生活中宝贵的一部分。在洼地中享受生活，承受生活的痛苦和压抑，持续生活——即在自己身处那个洼地中，继续自己的生活。即使生活没有进展，想着这段时间会变为自己的宝贵经验时，即使你每一天都很痛苦，也会有勇气等待转机的到来，充实地度过每一天。记住，不要在原地腐烂，这样只会把周围弄得臭气熏天。然后，在时机到来之后再次铿锵有力地踏上旅途，这就类似于那些在洼地中的水因新的水流的注入再次奔向大海一样。

因为车辆和农业机械经过而形成山坡，有可能会被外力再次击溃；因雨水形成的水洼也有可能会被更大的雨水冲刷掉。即使是冻结成冰的水，也一定会迎来融化的日子，这就是自然的法则。只要懂得这一点就会明白，陷入困境的生活也都会过去的。

丛林中的来信

✉ 第二十四封信

关于无用之物的用处

　　上帝只会允许通过那一切考验的树木成为丛林的主人,而通过葛藤的考验,树冠长到能够形成一片凉爽树荫的程度时,树才能让葛藤无法在自己的附近生长。

　　随着逐渐了解丛林,我慢慢地领悟到了很多东西,梦想着与丛林融为一体的生活,我渐渐看到了之前看不到的东西。最终我知道路边的一棵草、一棵树都是有它的用处的，而这种领悟让我开始尊重自然的一切。

例如，最近结满红色果实的山莓荆棘丛的作用，我可以在此向你慢慢道来。在这个时候，山莓的果实正是鸟儿们的好食物。同时用荆棘武装的它占据了丛林的分界地带，从而防止大型动物的靠近，为小鸟和其他的小动物们提供安全的栖息地。在溪水边生长的无数种野草降低了水流速度，净化了那原本变得混浊的水。长在丛林的边缘或水田、旱田地埂上的草可以防止水土流失。像这样，它们在自己的岗位上起着自己的作用，从而为了丛林和地球都默默地献上了自己的一份力量。

唯独对葛藤的用途我至今还没有解开谜团。葛藤的蔓藤可以快速地向四方蔓延，以较为特殊的样子生长。最近去往山房的路两边都被葛藤覆盖着，这片丛林的坡地都被葛藤的生长欲望填充了。葛藤利用宽大的叶子和柔韧的茎向四周蔓延，匍匐在地面上生长，从而占据了

丛林中的来信

比别的植物更多的面积。葛藤匍匐在地面上生长，这原本也毫无问题，可是只要遇到其他的树，它们就一定会攀附在其他树上生长。这个植物绽放的紫色花抚养了许多蜜蜂和蝴蝶，但它们攀附在树上从而导致被攀附树木死亡的现象也是时有发生的。长久以来，我对葛藤的这种无道德行为感到百思不解。葛藤为什么要缠死自己周边的树，以便自己持续生长呢？

去年我去集市时从苗木商那里带回来一棵李子树，种在屋后坡地上，它一直显得病恹恹的，我想大概因为苗木商"大大方方"免费赠送给我的不会是什么好树种吧。然而今天春天，那棵树居然长出了绿叶和新枝权。这让我不由得想："啊，到了明年，我可以从那棵树上摘几个李子吃了。"不过我的这个期待好像实现起来有些难度，自从葛藤攀附在那棵树上后便结结实实地遮挡了阳光，并且紧紧地勒着树权。

今天下午，当我无心地看后院的坡地时，突然从被葛藤缠绕的树体上，察觉到了葛藤的用处。葛藤可以绽放含有很多蜜粉的花，它还有豆科植物特有的固定土壤中氮气的作用，有着防止斜坡土壤滑坡的作用，同时，它还有着考验其他树木能否更加健壮成长的能力——因为被葛藤缠绕的树木要更加勤劳地向上生长。葛藤主要生长在视野开阔的空间，而被葛藤攀附的树木大部分也生长在光线好的地方。然而，神并没有只给了它们好处。在给了树木充足的阳光，以及可以把积累的养分利用起来的幸运的同时，上帝要求它们承受被葛藤缠身的痛苦。上帝只会允许通过那一切考验的树木成为丛林的主人，而通过葛藤的考验，树冠长到能够形成一片凉爽树荫的程度时，树才能让葛藤无法在自己的附近生长。万物同出一理，我想那些想要成为新土地主人的人，他们的生活与此也应无差异。

丛林中的来信

📩 第二十五封信

舍去之后重新开始的方法

百日红为了战胜严寒,要做出舍弃整个树枝和树叶的决定,这样才可以让它守住土壤中的树根。

我的山房院子里有一棵非常特别的树,那棵树到了入夏之际,原本含苞待放的粉红色花会完全地绽放。花会开满整个夏天,100天的时间里,一直都挂着红红的花朵,染红了它所在院子的每个角落。这棵树叫作百日红，近年来多以园林树木被广泛种植，因此也就成为随处可见的植物。尽管并不稀奇，这棵树却对我有着特殊的意义，那是老师送给我的礼物。在我放弃都市生活，为了过自己向往的生活而建造这座白乌山房时，在我入住的当天，为了鼓励自己的学生，我那位值得尊敬的恩师特意送了我这棵百日红。

去年夏天，百日红开花开了100多天，把院子都渲染成了一片粉红的世界。此外，这棵树还起到了另外一个不可忽视的作用：在红砖缝隙里筑巢的山雀把嘴里的食物拿给幼鸟喂食之前，这棵树便是它一定要经过的停车场。另外，这棵树还为放在院子里的土蜜蜂箱提供了一片阴凉的树荫。除此之外，我认为它最重要的作用是，在我心烦意乱的时候，这棵树就像是默默地看着我、给我鼓起勇气的老师一样给予我无穷的安慰。

遗憾的是，这棵树竟然在今天春天冻死了。我还没

丛林中的来信

把这个不幸的消息告诉老师。在种植这棵树的第一年，为了防止它受冻，我们用稻草把树干包裹住，所以它平安无事地度过了一个冬天。然而今年，我以为它可以自己战胜寒冬，所以并没有给它做防寒措施，而因为我的过度自信，它就这样冻死了。我认为今年冬天比历年都要暖和一些，但是我却忽视了另一个问题，那就是它的故乡原本在南方，照理说它是很怕冷的植物，但我竟盲目地自信，没有为它做必要的防寒措施，它的离去完全是我的过错。为此我非常苦恼，对树也感到万分抱歉，更是无颜面对老师。我只能暗下决心，今年秋天再买上一棵新的百日红种在院子里。可倘若老师看到那棵树感到有点奇怪的话，到时候我该怎么应答呢？

晚春时分，我看到百日红的树皮都翘起来之后，便用橡胶包裹住树干，然后又经历了几个月漫长的等待，那棵树还是没能长出一片叶子来。因此，我便断定那棵树完全死掉了。但是奇迹总会趁我们不注意的时候发生。就在前几天，一根新树枝从已经冻死的树枝旁边穿出来，一直奋力地生长着。最初我还以为那是一株无关紧要的小草。然而，当那红色的嫩枝展现在我面前时，我再也不怀疑自己的眼睛了，没错，那分明是百日红的树枝！"咦，活过来了！"我不由得喊道。那种惊喜与感激，实在难以言表。

我从那棵树身上又学到了一个道理：百日红为了战胜严寒，要做出舍弃整个树枝和树叶的决定，这样才可以让它守住土壤中的树根。气温持续下降的日子，大树为了东山再起，要舍弃自己多年苦心经营的大部分。那梦想着把院子染成一片红，招来蜜蜂和小鸟，拥有自己的一片蓝天的百日红，对它而言，生活就是如此的激烈。即使舍弃一切，也不会舍弃隐藏在自己树根中再次光荣绽放的梦想。

是的，自然中还有一种通过舍弃而重新开始的方法，那是舍弃表象而守住最开始的根基。虽然红花凋谢，但只要不舍弃梦想就一定可以再次绽放出绚烂的花朵。自然啊，真是伟大的存在！它教会我不要轻视一切生命，因为一切生命都不会那么轻易地被击垮。

✉ 第二十六封信

总有一天

一扇门合上,另一扇门打开的瞬间是很难辨认和捕捉的,而在这连续的开门关门的过程中,一定蕴藏着新的转折。

恍然间,离开首尔已有好几年了,我甚至都有些赶不上时代的步伐了,但我还是能够看得出市区的楼市不太景气。抵押贷款融资额大的人分明会很伤脑筋。至于其原因,我想专家们自然会做出头头是道的分析,大家

丛林中的来信

关注的是社会发展的总趋势。就像自然有春夏秋冬四季变化一样，经济和生活也会不停地发生变化。经济繁荣之后会出现泡沫，当泡沫消失的时候繁荣之门就会合上，进而被打开的便是不景气之门。只有冬天走了，春天才会来临。当然，这个过程是连续不断的。一扇门合上，另一扇门打开的瞬间是很难辨认和捕捉的，而在这连续的开门关门的过程中，就一定蕴藏着新的转折。绘制一个坐标，按年度或者是按年龄把我们从出生至今，生活一帆风顺的时候和艰难坎坷的时候都表示出来的话，你自然也会明白自己的生活同样也是涨落的连续。

30岁时的我，从经济上来说过着无忧无虑的生活。组建家庭、养育孩子，当时的我并没有感到什么生活负担，所以算得上是美满的生活。然而，那段时间我精神上总是焦虑不安。因此为了过得自在，我后来选择了山林中的生活，从那时开始，我过了几年比较拮据的生活，甚至还因为买不起孩子想要的一辆廉价自行车而偷偷地流过眼泪。从经济能力上来讲，30岁是我的繁荣时期，40出头时则是萧条时期。

而随着时间的流逝，这一局面又渐渐发生了转变。根据每个人的福气，身处的处境会有些差异，然而生活有繁荣时期，必然也会迎来萧条时期。政策上，人们好像习惯把从繁荣陷入萧条局面时所规划的深度战略称为退出战略。不过，我更愿意把在我们的生活从萧条进入繁荣，或者从繁荣进入萧条时所需的战略统称为前进战略：因为我相信在所有的局面中，较之于退出，等待上升时的态度更为重要。

不论是生活转入顺利的局面还是艰难的局面，最重要的是要知道自己进入了什么状况。大树到了冬季就会根据节气的变化整顿自己的状况，这些从它落叶这点上就可以明白。反之，到了夏天大树们不会回头看过去，只会热衷于长出新叶、伸展树枝。你只要望着现在这片

丛林中的来信

变成绿海的丛林便可以知道这一点。若是我们能够像大树一样敏锐地察觉到新局面的实质,那我们就可以明智地度过每一段生活的变化。

我记得在我宣布要到丛林生活时,也曾提到过自己会度过漫长的"冬季"。照目前的情况来看,现在的我与那些"冬天"里的我,都过得很好。因此,我可以不慌不忙,也不会担心自己会累倒。我觉得总有一天,我们会迎来春暖花开之际,那时的我也能保持一颗谦虚的心,不骄傲、不气馁。因为只要有前进战略的人,不论自己处于好的局面或是坏的局面,很少会因为失去自我而迷失方向。我很想知道最近的你的生活处于哪种局面。如果正站在一条新路的入口处,我真的很想知道你心中盘旋着怎样的生活战略。

第二十七封信

大海给予我的烦恼

"一片草叶的功德不亚于星辰的运行。"

今年夏天格外热！即使在山里，气温也出奇地高。一位熟人寄来的电风扇去年没用过几次，今天夏天我却几乎每天都在让电风扇运转着。在这酷热的三伏天，建造供客人住宿的房子即将进入收尾阶段。在木匠们的帮助下，我盖好了屋顶，用土砖砌好了墙。现在只要再搭

造个火炕，粉刷完墙壁，完成厨房、浴室的窗户工程，那么新房子就算完美收工了。

天变热了，比起植物来，更受罪的是动物。当阳光炽热、高温持续时，植物们停止光合作用，采取了休息的战略。最近在白天，我经常可以看到植物们的叶子休息时的样子。植物尚且如此，我家的大山和大海可是更受罪了。虽然它们会到稍微凉爽一些的树荫下躺着，但还是不停地吐舌头散热。怀孕的大海看着更让人心疼。我目睹过大夏天怀孕期的女人有多痛苦，在这点上，大海也好受不到哪里去。

昨天晚上，我出来给小家伙们喂食，但却找不到大海的身影，以往一闻到饭味就马上会跑过来的大海此刻却不见了踪影。虽然有些古怪，但我想它有可能是到村子里玩耍，所以我并没有太多的担忧，直接回到房间睡觉休息了。第二天清晨，当我出门时，也只是看到了大山。

"大山,大海在哪儿?"我有些担忧地问大山。很神奇的是,大山为我带了路,小家伙把我带到了客房,站在玄关前注视着屋子。

只见大山跳到炕上,停在了临时铺上胶合板的火炕的一个小角落。我把大山前面的胶合板小心翼翼地抬起来,在那一瞬间,我看到了下面的大海。可以看得出,此时的大海真的很疲惫,它用像鹿一样水汪汪的眼睛望着我——我看到了咬着妈妈乳头、闭着眼睛的几只幼崽。啊,原来大海进行了第二次分娩。我安慰着大海,并向它表示了由衷的祝贺。

"辛苦了,大海!"

然而我开始不知如何是好了,因为今天本来是计划粉刷墙壁的，而且再过几天，就要掀起胶合板铺炕体，现在这种情况可怎么办呢？其实，从昨天开始，大海就通过新房的灶坑探索到胶合板底下这块"圣土"。它打算在这里进行分娩，而不是使用去年秋天第一次分娩时用过的狗窝。它好像早就预料到今年的高温天气，所以选择了正在施工中的这片凉爽地带。客房中灶坑和烟道相通的胶合板下面，便是大海的产房。

幼崽睁开眼睛的话需要半个月的时间才行，但我也不能推迟施工，这可真让我进退两难。在酷热的夏天分娩的大海真叫我苦恼不已。虽然现在还没有解开这苦恼，但我仍然通过大海的分娩再次窥视到了生命所具有的伟大，这样的自然生命力让我惊叹不已。沃尔特·惠特曼曾说过："一片草叶的功德不亚于星辰的运行。"在大海的母性和智慧面前，我赞同沃尔特·惠特曼的观点。话虽如此，可言归正传——眼下的我该怎么办呢？

第二十八封信

成为像小狗一样伟大的父母

大海为了寻找到自己一家最佳的居住环境,在这个因为盖房子而变得复杂的地方到处寻觅,真是费足了工夫。将近半个月,它都为了自己的宝宝不受到酷热、害虫以及啮齿类动物的威胁,为给子女提供安全、干净的环境而不懈地努力着。

酷热的夏天真叫人难熬,然而对某些生命来说,现

丛林中的来信

在却正是最好的时光。就这片丛林而言，一年蓬会在酷暑中渐渐凋谢。不过，钴蓝色的鸭跖草和橘黄色的卷丹，还有那红红的海州常山、乳白色的女萎等植物恰恰如鱼得水，迎来了它们生命中最好的生长季节。等这场高温天气稍微退去后，水凤仙花和葛花将会在这片丛林中尽情地绽放出自己娇艳的花朵，散发出属于它们的香气。在丛林中生活的你就会发现，每一个生命都有属于自己的最佳季节。

最喜欢这个酷热夏天的生命体们自然会活得自由自在，然而对于正在育儿中的大海来说却是苦不堪言，因为这小家伙在三伏天生下宝宝，生下了跟它的丈夫大山一模一样的两只小白狗。在前面的信中我已讲过，大海在客房中，原本打算堆砌火炕的位置生下了可爱的小狗宝宝。不要好端端的"狗屋房子"，选择在修建中的土房子地上生下宝宝，我想大海一定是为了避暑才做出这样决定的。

坦白地说，对大海我是非常过意不去的，因为我要把正在继续工程的客房建造完成，因此我只好把还没有睁开眼睛的两只小狗宝宝小心翼翼地搬到了之前的狗窝里。我先拴住大海，之后用干净的毛巾包裹住两只小狗，把它们轻轻地搬运到狗窝里。在我为大海解开狗链的那一刹那，它迅速地跑过去把鼻子贴到了自己宝宝的身上，嗅了嗅它们身上的气味，接着仔细地观察了屋子周围的环境，看样子是在确认狗窝周边的丛林中是否有威胁自己宝宝的危险因素。此后，大海和宝宝们在那里平静地过了两天。

那段时间，我铺了客房的炕体。从一大早开始，我就跟大哥、村里的木匠一起忙了起来。在我们忙碌的同时，发生了一件奇怪的事情：大海和它的宝宝们竟然躺在灶口里！它竟然带着自己的宝宝再次回到了这间土房子，躺在凉爽的地上。作为一个负责任的妈妈，大海一

丛林中的来信

定觉得在狗窝里忍受着酷热养育自己的宝宝实在不是上乘之选。

它们待在那里也不妨碍铺置炕体，我就没有把它们撵出去，在继续铺炕体的同时，也与这个小家庭和平共处着。大海除了吃饭的时间，一直守候在那里。在我看来，它反而把那个灶口当成是专为自己准备的防暑狗窝一样，在那里待得特别舒心自在。然而，没过多久问题就再次出现了，铺完炕体之后要试火，为了看火炕铺得是否严实，看看有没有烟会从缝隙中冒出来，一般情况下都会有试火的环节。我只好再次把小狗放回了之前的狗窝，然后点起了火。

火烧得很旺，万幸，也没有什么烟冒出来。然而就在一切看似完美的时刻，大海却打破了这个平静的画面：它嘴里叼着小狗又回来了。大海在生火的灶孔前来来回回地踱步，不知所措。它一定认为这里的环境最适合养育宝宝，可是没办法，我只能让大海把小狗放到屋里去，于是，它开始来回地奔走于浴室、厨房以及卧室，寻找最适合它们居住的场所。然而寻找的结果却让它很失望：它未能找到一个令它满意的地方，于是只好把小狗放到离火坑不远处的角落里，用舌头不停地舔着小狗。过了片刻之后，大海把剩下的一只小狗也叼了过去，以同样的动作舔舐着小狗。那里有大石头和渣土，看上去并不怎么舒适，不过那家伙却愿意抛弃自己原来的房子，宁愿选择那里。

我在地上铺了胶合板，但是大海仍然坚持躺在那里。

"我不管了，你自己看着办吧，大海。"

就这样过了一天。今天早晨，当我出门时，大海突然向我跑了过来。比起大海，我更担心那些小狗的处

丛林中的来信

境。跟着大海,我去了昨天那个地方。不过在那里我并没看到小狗!奇怪!到底会在哪里呢?我连忙在四周搜索张望,可是依然没有看到它们。焦虑万分的我多次向大海询问小狗的行踪。大海终于赏给了我莫大的面子,朝着白鸟山房的台阶下面看了看。我走上前去,啊!那两只长相酷似大山的可爱小狗此刻正躺在那里睡得正香。我抚摸着大海,感激地给它喂了食。

大海为了寻找到自己一家最佳的居住环境,在这个因为盖房子而变得复杂的地方到处寻觅,真是费足了工夫。将近半个月,它都为了自己的宝宝不受到酷热、害虫以及啮齿类动物的威胁,为给子女提供安全、干净的环境而不懈地努力着。它那不求回报的伟大母爱深深地打动了我。突然间,我特别特别想念自己的母亲,也非常想见到暂住在首尔的女儿。我的母亲在养育我的时候,肯定也像大海一样,把所有的爱都倾注在了我的身上，细心地呵护着我，无私地照料着我。而我呢？我却不知道自己是否会成为像"大海"一样认真负责的父母。幸好，我今后会一直为此而努力。

第二十八封信　成为像小狗一样伟大的父母

丛林中的来信

✉ 第二十九封信

有原则的生活

>这些微弱的小草啊，它们是怎样抵抗住那么湍急的水流的呢？要知道，连用水泥建成的房屋都能被它们冲走的啊！

今年，这片丛林也因为酷热的天气而出现了罕见的热带夜，现在又频繁地下起了局部性暴雨。最近几天，每天清晨时分都会有暴雨降临，经常将我从睡梦中惊醒。清晨，若你到外面观察四周的话，就可以看到通往山房的多条路面都因雨水的冲刷而露出了石头。昨天晚上，来势凶猛的大雨把通往这里的路弄得凹凸不平、泥泞不堪。留下如此巨大伤痕的雨水通过这片丛林的峡谷，向地势较低的村子流淌下去了，围绕村子的达川的水流也一定特别湍急。

今日当我穿过横跨达川的桥时，果然不出我所料，那里的水位已上升得很高。在达川的水底栖息的水草被急促的水流任意地带着摇摆着。它们宛如要跟水底接吻一样，一致顺着水流的方向扑倒在地上。那场景真是让人难以置信。如果水草所在的位置有房子或者大树的话，那它们肯定已经被水流冲走了。但是，偏偏是那些纤细的水草依然守候着湍急的小溪。水位下降之后，那些水草一定会再次站起来。现在很快就要入秋了，到了深秋季节，它们的花朵会随着波涛微微荡漾。

这些微弱的小草啊，它们是怎样抵抗住那么湍急的

丛林中的来信

水流的呢？要知道，连用水泥建成的房屋都能被它们冲走啊！还有那些粗壮的参天大树也都被连根拔起了，可是这些平时被人忽视的小草，它们又如何守护自己的生活，绽放自己的花朵呢？我想从它们在突破湍急的水流这个艰辛的战略中寻找答案。我把其战略的核心称为"遵守原则的生活"。日本苇建立的生活原则之一是用匍匐茎、溪水中的石头和与之临近的日本苇紧紧拥抱在一起生活。成千上万棵日本苇互相拥抱，互相不离不弃，紧紧地扎根于水底，因此才战胜了夏天袭来的那气势凶猛的水流。

另一个原则是持有空心的茎，还有在根部附近的第一节茎所保持的柔韧性。在无法抵抗水的阻力时，一致性地弯曲第一节，让水从自己的身上流过去。同时，它们又绝对不会在强风面前屈服。在刮起大风时，凭借其具有的柔韧性的空心茎和密集生长的方式，它们就不会被大风刮倒。它们一定要战胜大风才行，因为这些生命需要借助风力把它们的种子传播到遥不可及的远方。面对水流时选择明哲保身；面对强风时选择正面突破，这就是它们的生活原则。只有遵守这一原则，它们才能实现自己的梦想。

正如现在遇到了洪水、经历着苦难的那些日本苇一样，我们的生活也会时常遭到"洪水"的威胁。然而，一切都会过去，打破黑夜宁静的草虫的鸣叫声会变得越来越清晰，这就表明秋天已经开始代替夏天来管理这个世界了。小溪的水也很快就会减少，日本苇会在不久之后绽放出属于自己的花朵，让小溪变成花的海洋。如果能够遵守能屈能伸的原则，那么，我们的生活总有一天也会迎来花开的季节。

第三十封信

沉默

　　大多数生命都会在揭开那份包裹着自己纯真灵魂的喧哗和炫耀时,意识到原来它们一直都被一层厚厚的虚伪所包裹着。

　　不知不觉间,我已经跟大山和大海一起生活了一年半的时光。刚开始的几个月,这两个小家伙真是叫人头疼不已,它们时不时地就会把好端端的鞋子咬出几个洞来,好几双鞋子都被它们咬得无法再穿。另外,它们还把我高价买来的客厅防蚊虫网撕破了。这还不算，如果从山下远处有客人来访的话，出于本能，它们会一直叫个不停，那叫声惊天动地、响彻云霄。

然而，最近这两个家伙倒是让我省心了很多。即使来客人了，也只是客人到房屋附近时它们才会叫。而且对那些访问的客人，它们也会根据主人的嗜好，表示出它们的欢迎或进行警戒。慢慢地，它们的表情也有了很多变化，小时候，它们为了得到宠爱经常向我撒娇，而最近的大多数时间里，它们都是默默地注视着主人。就像是得道的僧人一样，它们注视远处的风景、倾听风声的时候变多了。

渐渐疏远我的它们，正如那些渐渐长大成人的孩子一样，逐渐离开父母的怀抱，寻找自己的世界。最初的时候，我甚至还因为它们的远离而难过，后来反倒释然了，反而觉得它们很了不起，也很神奇。我偶尔会开玩

丛林中的来信

笑似的说:"到现在为止都是我为你们提供吃喝,该是你们帮我清扫院子里的杂草,帮爸爸干活,主动拿来所需要的农具的时候了!"当然了,这两个家伙还没有达到这种心领神会的境界,不过我在说出这些话的时候,它们总是会竖起耳朵仔细地听着。

毫无疑问,这两个小家伙真的长大了。我知道它们的成熟是与其沉默的过程一同实现的。所有的生命在成长的过程中,都会经历喧哗或者炫耀自己的过程。站在夏天的丛林中,倾听过丛林中的生命所发出的声音的人,就应该听到过它们的生长欲望激烈碰撞的声音。而那些站在秋林中曾沉默过或是倾听过那片宁静之音的人们,就会明白成熟就是在那个季节里实现的。

在丛林中静思的时候,我经常会进入冥想状态。那时的我,不会因为沉默而感到烦闷,也不会因为沉默而感到被孤立和被隔绝。相反,我会通过沉默听到更多的生命之音；会通过沉默扔掉自己的虚伪。真正的沉默，是一个抛弃的过程，在这个过程中，我们扔掉了自己原本那披在身上的虚伪面具。在扔掉自己虚伪那一面的同时，我们也可以看到别人的虚伪之处。如此，大多数生命都会在揭开那份包裹着自己纯真灵魂的喧哗和炫耀时，意识到原来它们一直都被一层厚厚的虚伪所包裹着，这样也就到达了成熟这一美妙的境地。

正如小狗通过沉默变成成犬一样；正如蛇蜕皮焕然一新一样；正如大树再画一个年轮开始新的生活一样；正如华丽的花朵变成种子一样，万事万物都通过收敛、沉默，实现了自己成长的过程。现在想来，我已经有好长一段时间没有沉浸在难得的静思中了。

丛林中的来信

✉ 第三十一封信

沙砾地上盛开的花

滨旋花开了。它毫不犹豫地选择了一片荒寂的海边的石田，绽放着自己的美丽。

有句话说"花无十日红"，就是说花再美，也开不过10天。这句话常与"有权不过十年"一起，作为警戒人们虚妄的欲望的格言使用。然而，与我们人类使用不同语言的植物，它们实现自我的方法并不那么简单。虽说一朵花红不过持续十日，然而一些物种的花期却可以达到数月，比如说牵牛花和旋花。

初秋，牵牛花绽放出紫色喇叭形状的花朵时，旋花也在夏季绽放出浅粉色的花朵，那些花朵一样如喇叭的形状。尽管一朵旋花会很快凋谢，然而从旋花的整体情况来看，从6月到8月，每朵旋花都会在不同的时间绽放。6月份，村口田埂上的旋花都开放了，一直延续到8月份，到现在，去往我小屋的路边上仍然还有几朵旋花在羞涩地绽放着。

旋花多在田埂间生长，而滨旋花则是在海边沙石上面对着海洋生活的草种。滨旋花为什么选择在海边生长呢？在那里要承受大海的大风大浪，看似不会有一丁儿有机物的海边沙丘非常贫瘠，选择在那种地方生长的理由是什么呢？我在美丽的岛屿青山岛上，在向滨旋花搭话的过程中探知了其中的缘由。

丛林中的来信

在如沙漠般不易于生长的沙石上面，滨旋花是怎样绽放花朵，又是怎样维持生命的呢？其答案便隐藏在它花朵的形状中。旋花和滨旋花的形状相似，不过它们的叶子的形状却是完全不同的。旋花有着细长的叶子，滨旋花则有着如漏斗形状般凹陷的叶子。我一下子就明白了：那是滨旋花为了收集缺乏的水分，长久以来适应自然所做出的努力。它用漏斗收集滴落的雨水，慢慢地输送到自己的根部。同时，它那细细的茎紧贴在沙石缝隙之间匍匐生长，这种生长方式，使得茎部利用叶子收集到雨水，而且也可以防止被海边的大风吹倒。通过这种努力，滨旋花在海边的沙石上绽放出自己的花朵。它可真是完胜恶劣生长环境的植物啊！真是了不起的生命！

曾经的你，是否也认为自己的生活一直被置于沙石上呢？那么，今天的你就以滨旋花为师，领取它的人生经验吧！真诚地愿你能够从滨旋花身上，从它们在沙石上绽放花朵的伟大奋斗中，获取无穷的勇气和永恒不灭的希望。

第三十二封信

开辟者应具备的条件

> 他们最终会明白：停止分析和研究，让自己站在崎岖的路上才能够找到真正的自我。

过自己想要的生活，究竟那是怎样的生活呢？怎么过才算是不愧对自己的生活呢？曾经人们都认为这意味着自己变成经济上自由的富人，或者是取得自己所希望的社会地位。然而事实上，人们也因此陷入了某种错觉之中，人们想当然地认为：通过那种成就和成功，就一

丛林中的来信

定能够获得自己想要的生活。于是，社会上开始蔓延富人热潮、成功热潮的种种不可思议的现象。只是冷却过后，很多人便察觉到了其虚幻、虚无的一面。

最近，很多人对自己想要的生活又有了新的看法。他们认为那意味着找出自己喜欢的、擅长的领域，置身于其中快乐地生活。若我们用丛林的语言来表达的话，那就是大树或小草开辟属于自己的蓝天，然后到了自己的花期时便自然地绽放出花朵。我非常赞同这种看法，不仅如此，我也身体力行地在这片丛林中，努力地过着那样的生活。

然而，当人们有了这种新的认识之后，心中又产生了根本性的问题——怎么做才能找到真正的自我呢？我擅长的又是什么呢？诸多胆怯的人们会选择在看似结实的伞下避雨，只会把一生中的大部分时间用在对自己和社会的无止境的追问上，由是渐渐地老去。

相反地，有勇气的人则是通过对自己的分析和省察，或者是通过某种挣扎得到相应的答案的。他们最终会明白停止分析和研究，站在崎岖的路上才能够找到真正的自我。他们通过摔倒、爬行、翻滚、跌倒、再次站起的过程，明白历经这一切才能找到真正自我的道理。因此，过着自己想要的生活的人就要成为用亲身经历书写自己生活历史的主人公，成为主宰着充满活力的生活的主人公，成为一个了不起的开辟者。当然，开辟者的生活是艰辛而危险的。因为，开辟者应具备许许多多的硬性条件。

初春，我种植了数百棵柿子树和四棵银杏树。这些树在遇到我之后，就此永远告别了被"照看"的日子。"今后我不会特意地照看你们。你们要不断地靠你们自己的力量，开辟出属于自己的一片天地。"这是我在种树的时候对它们说出的话。柿子树现在被无数的杂草围绕

丛林中的来信

着，似乎过着艰辛的生活。四棵银杏树中的两棵树被葛藤缠绕，就连最基本的生存都像是遭到了威胁。当它们被移植到新的土壤中生活时，不可能从一开始就一帆风顺。

我的处境与这些树的处境并无分别，我总是会从它们身上学到很多东西。你是否知道在一个开辟者应具备的诸多条件中，最为重要的条件是什么吗？与其拯救被遮挡在阴影下的老树枝，被高高的杂草包裹着的柿子树不如更加拼命地长出新树枝。因为只有长出宽大的叶子，才能确保其光合作用的实现。被葛藤缠绕着的银杏树也好不到哪里去。每根树枝都会发自本能地知道只要能吸收阳光就好，那么，相比起离地面近的那些枝叶，那些离地面较远一些的枝叶一样会迎来自己的春天。对开辟者来说，最重要的是相信自己的遭遇不会永远这样持续下去，以这样的心态就可以坚持开发出一些有用的武器来，开辟出自己一片新的天地。今天，我希望那些想要成为开辟者的人们能够看到我所说的这些伟大的树，这些在这片丛林中，永不放弃的、努力生长的树木。

第三十二封信　开辟者应具备的条件

丛林中的来信

✉ 第三十三封信

曲线的力量

许多的生命并不只是通过快速、笔直的道路来实现其自身繁荣的。

结束客房的内部设计之后,我好不容易才有机会抽出空来去照看一下蜂箱。将近三个月没有看过它们了,因为它们的主人——我这个忙碌而懒惰的农夫,蜂箱的内部早已变得异常狭窄。这样的话,数量增加的蜜蜂们只能贴在蜂箱外的墙上度过那酷热的夏天。蜂箱里面已经筑了许多巢，储藏了很多蜂蜜，可我却没有给它们叠加叫作继箱的空房，所以这些可怜的家伙只能在变得狭窄的蜂箱外面度过漫长的夏天。虽然我为它们感到心痛和内疚，但因忙于造房子的缘故，到底还是没能帮它们排忧解难。眼下这片丛林已临近结果的季节，可9月的丛林依然算是密林，在一年中无拘无束地生长的小草们，依然有着绿油油的叶子。我也偶尔"良心发现"，会去清理一下放在房子附近的蜂箱旁的杂草，所以蜜蜂们进出并没有什么不便之处。与此相反，放在柿子树园的蜂箱和放在柳树下的蜂箱，却已经被茂密的杂草遮挡住，用肉眼已经看不到其准确的位置了。我只能用镰刀割掉缠绕在蜂箱两旁的杂草，给每个蜂箱叠加了两格继箱。

我对蜜蜂感到万分愧疚，自己的房子下那么大的工夫去搭建，却不顾有数万只生命居住着的蜂箱，自己的这种懒惰真让我羞愧不已。"顿悟"后的我，一边用镰刀割掉茂盛的杂草，一边又生怕蜜蜂早已离巢而去。前不

丛林中的来信

久，我就听说了大批土蜜蜂飞走的现象，这种现象已经扩散到了邻近的村庄，哎，我很担心我的那些蜜蜂也飞走啊！毕竟我曾把它们丢弃在草丛中啊！不管怎么说，我真的感到万分的羞愧和内疚。

之前所说的继箱，是为了让蜜蜂们筑巢而制作的呈四棱柱形状的空箱，其上下是贯通着的，把它放到蜂箱下面的话，可以扩大蜜蜂们筑巢的空间。一个蜂群最多会在8个继箱中筑巢、居住、储藏蜂蜜。为放置继箱，当我抬起那些蜂箱的时候，才发现有的蜂箱已经变得很重了，不过有的蜂箱却相对较轻。道理很简单：重的蜂箱里面应该有很多蜂蜜，轻的蜂箱里面自然是有较少的蜂蜜了。可是奇怪的是，比起放在家附近的蜂箱，那些被我丢弃在草丛中的蜂箱则显得更重。而且在潮湿的环境下，草丛中的蜂箱中产生的蜜蜂寄生幼虫个数也会更少。

曾几何时，我听人提到过，生长在蜂箱周边的草木能够保护蜜蜂们的巢穴，使它们不受马蜂的袭击。尽管如此，我可从没听说过生活在草丛里的蜜蜂也显得更加坚强。从常人的逻辑来看，那些居住地周围没有任何障碍的蜜蜂，它们可以快速地飞来飞去，应该可以采集到更多的蜂蜜。反之，那些进出巢穴时需要避开茂密的杂草的蜜蜂，它们飞行的路程会更长，因此消耗的能量也会更多。可是事实上，在同一个时期开始筑巢的蜜蜂中，生活在杂草茂盛的草丛中的家伙们看起来更加健康，而且采集了更多的蜂蜜。这一点让我很不理解。

仔细思来，自从与自然为伍之后，我慢慢地更能以自然的心态去理解那些丛林中的深刻道理，它们凭借曲线、循环以及关系的力量，早已在丛林中运转、繁荣了数亿年的时光。许多生命的生活并不只是通过快速、笔直的道路来实现其自身繁荣的。那些草丛中制造出的曲线，看似会阻碍蜜蜂的生存和繁荣，不过它们的存在同时也可以抵制马蜂等外物的入侵，起到细微的调节湿度的作用。我们不能只把近路、直路称为捷径的理由，我想也正在于此。

✉ 第三十四封信

自恣山房

你知道赤裸着身体站在自然中时是什么感觉吗？你体会过那种极致的自由吗？在风吹来时，在温暖的阳光下，在倾盆大雨中，身体的感觉沉浸在毫无防备的快乐之中，你所体会到的就是最为珍贵的自由。

现在已进入了天高气爽的秋季，最近一直很想看到星星，不过这简单的念头对我来说却是一件难事，就像

丛林中的来信

想看到萤火虫一样的难。因前一段时间经常下大雨,来山房的路变得泥泞不堪、凹凸不平,一般的车辆很难开进来。每当太阳出来的时候,我就洗好衣服挂到外面,但是不一会儿就会又落下雨来,衣服也要一个箭步飞奔出去抢收回来。有时候,一天之内甚至要这么反复三四次。

频繁地下雨让人变得极其懒散。有一天,当我觉得不能再这么下去的时候,突然有一种奇怪的念头闪现出来:脱光衣服,身上一丝不挂,走到院子里去享受自然。天气好的时候,我在洗完澡之后会拿一条毛巾,站在阳台上擦拭身上头发的水分。微风轻轻地拂过我的全身,就那样,我全身赤裸地坐在椅子上,看几页书之后再进屋,甚至有时还会跟着音乐跳支舞之后再走进屋去。前几天下大暴雨的时候,我还赤裸着身体在雨中漫步了一小会儿。

你知道赤裸着身体站在自然中时是什么感觉吗？你体会过那种极致的自由吗？在风吹来时，在温暖的阳光下，在倾盆大雨中，身体的感觉沉浸在毫无防备的快乐之中，你所体会到的就是最为珍贵的自由。所有的压抑统统消失，每个角落的细胞都被唤醒，这样的神奇感觉就一直陪伴着你。就如一万多年前的人类基因一样，那个时候的我，完全可以体会到我们的身心原本就是如此自由的。在山房已经生活了三年，人人都渴望自由，但不是每个人都能做到"按自己的想法去生活"，而我恰恰有幸在这样的生活场景中见证最自然的生活、生存方式，体会到最美好的瞬间。

最近，我准备了一个能与你一起分享这种自由的空间，它幸福而又充实，它就是我为大家准备的房子。房子的柱子出自村子里年轻的木匠之手，至于房子的墙，我们是用当地的土来完成的。不得不说，这间屋子周围的风景也非常好。透过窗户可以看到君子山的风景，为

丛林中的来信

了让阳光在屋子里多停留一会儿，我们还特意留了一扇小窗户。

还有一个小浴室。我尤其喜欢这片与火炕的空间完美搭配的檐廊。躺在那里或者坐在那里看书也是不错的感受；喝一杯米酒、吃块绿豆饼也是惬意的体会；下大雨的日子，坐在那里谈情说爱也很好。

我决定将这间房子称为"自恣山房"。它隶属于我的山房的一部分，也可以称为是"白鸟山房的舍廊斋"，不过我总是想给它起个特别一点儿的名字。自恣是"随意"的意思，有"僧侣们在结束夏安居之后，在其他僧侣们面前告白自己的过错，并进行忏悔仪式"之意。我想邀请你到这间山房来，是因为想让你也像我一样在这里随意地生活一段时间。通过变得自由、独自告白、回首自己的时间，获得向前走的力量，自信地站在自己想走的路上面。希望自恣山房能够成为放任自我、恢复疲惫身心的休整空间——当然，如果成为让你写作和创作的工作空间，我也会感到很开心。

需要说明的是：来到自恣山房的话，一切都要靠自理。寒冷的冬天要亲自烧火，要亲自采摘蔬菜做饭，要自己整理房间。在你到来山房的日子，我只希望帮助你变成一位自恣的透明人。

丛林中的来信

第三十五封信

治愈折断的翅膀

在喜怒哀乐这四种情感中,你最善于表达哪种情感,又不善于表达哪种情感呢?其中的原因何在?是否你也收拢着一只折断的翅膀,继续着不怎么对称的旅行呢?

自恣山房的院子里有两棵梅子树,去年和今年夏天那两棵树都开了花。说起来,这两棵树还是为了纪念我入住白乌山房而特意栽种的。从我个人来说,我很喜欢栽上一些纪念树，总要把别的地方的树移植到新的地方去。在移植树的过程中，我通常都会修剪一些树枝，被移植的树在离开旧的家园前往新的场所时，会失去原本持有的根，我想通过修剪树枝的方式使其保持平衡。

对于山房院子里的梅子树，我也同样进行了修枝。梅子树度过第一年的冬天之后，在第二年春天便开出了几朵梅花。夏去秋来时，我又对那两棵梅子树进行了修枝，我总希望它们的根部能够深深地扎入土壤中。又一年过去了，在今年春天，那棵梅子树又少量地开出了花。第一年结了两粒梅子，今年春天则结了四粒。在这两年中，那棵树一直处于压抑之中，所以只是开出了少量的花，果实也结得少得可怜。不过这两棵树终于在今年夏天给了我莫大的惊喜：它们那新长出的树枝不知道有多么的生机勃勃，宛如要把整个地板都遮挡住一样。它们自己开辟出了一片属于自己的新天地，苦尽甘来的梅子树快乐地度过了这一年。

丛林中的来信

为了有好的树形,长期提高生产效益,其实要再次修剪新长出的树枝为宜,可我却不打算那么做。那样做的话,只不过是为了满足人们焦急的心态而已。万物有其存在的规律,树本身也会找到平衡点,并能够在平稳过后开花结果。我认为人也有相似的一面,只要不再自我刻意地压抑,人们同样也能尽情地发挥自己的才华,按正常的速度奔向自己想要的生活。

怎么才能弄清楚自己是否压抑自己呢?我是通过极为原始的方法知道的。对我而言,那种方法是观察自己"喜怒哀乐的平衡砣"。观察这一点,就是在了解自己在"喜怒哀乐"这四种情感中,对哪一种情感的反应会更加敏锐一些。以前的我对愤怒和悲伤比较敏感。那时的我不善于表达快乐和喜悦的心情,经常就像折断了翅膀一样。开车的时候,若广播里播放着快乐的歌曲的话,我的女儿会舞动着小小的身躯去享受那份快乐,但是在我这里，这种感情腺却被堵塞掉了。即使是见到久违的朋友时，我的那份喜悦也无法自然地流露出来。

最近看着逐日生长的梅子树，我突然有了这样的想法：在日常的生活中，大多数时间都保持平静的心态，那是不是已经达到了菩萨的境界呢？当那种平静的充实填充大部分的生活时，生活才会变得幸福吗？还是时时刻刻都流露自己喜怒哀乐的情感，才会是更幸福的事情呢？与过去那一直处于压抑状况的我进行和解之后，我那被折断的翅膀终于得到了很大程度的治愈。现在，我可以自由地表达喜怒哀乐每一种情感。你呢？在喜怒哀乐这四种情感中，你最善于表达哪种情感，又不善于表达哪种情感呢？其中的原因何在？是否你也收拢着一只折断的翅膀，继续着不怎么对称的旅行呢？你一定不会想就如此度过一生吧？

丛林中的来信

📩 第三十六封信

成长的尽头

我并不希望自己的女儿在社会所认为的那个所谓的"成长的中心",在那里耗费自己所有的青春期和少女时代。

13岁的女儿已经步入了青春期,自此女儿也迎来了自己人生中的春天。她的个子长了很多,身材也渐渐摆脱了小孩子的稚气,脸上也冒出了几颗青春痘。过完中秋节之后,我把女儿接了过来,作为我的第一批房客住在我的自恋山房中。因天气突然变凉的关系,我们都需要开始准备烧火热炕了。

自恣山房的火坑工程结束之时,我就想到了可爱的女儿。那时的我,充满期待地幻想着跟女儿一起坐在火坑前吃烤红薯、土豆和栗子的情形,幻想着亲手给她搭出一片坐卧的地方。今天这个梦想终于实现了,我真的给女儿烤了红薯和土豆,看着她嘴边那黑乎乎的一圈,望着她狼吞虎咽地吃着烤红薯和土豆,我的心里美滋滋的,不知道该如何形容自己的满足之情。不管女儿对爸爸的生活持有怎样的看法,当时的我在脑海中反复闪现着一个念头,那就是:"啊,我的选择是没错的。"

其实,女儿会习惯性地从她妈妈的角度去看待爸爸的生活,因为跟妈妈一起生活的时间更长。随着女儿一天天地长大,她们母女二人之间的沟通要比一般的母女更多一些。有的时候,我会从女儿的话中,隐约听出她对爸爸生活方式的不满。当然,她比同龄的孩子更成熟

丛林中的来信

懂事一些,虽说如此,但我从她的话中还是能感觉得到:她希望自己的爸爸过得更加富裕、更加奢华一些。这种想法也是情理之中的,毕竟孩子从社会和学校看到、听到、学到的世界观就是如此,如若女儿没有那种想法的话反而比较奇怪吧。

当然,我也并不奢望女儿能从爸爸的角度来看待社会,我不希望女儿受到爸爸的影响而产生意识上的局限,从而被束缚在某一个方面。一直以来,我就是以这样的心态来对待女儿的。其实,我是对世俗化的社会持有高度警戒心的人,但同时,我也为了不让女儿持有像爸爸一样的警戒心而努力着。在这个过程中,我也不会为自己过着与别人的爸爸不同的生活而刻意地进行合理化的解释而努力,我只是毫无遮掩地给女儿展示自己的生活而已,让她知道这也是一种生活方式,让她慢慢地明白爸爸是在通过这种生活进行摸索着,这样的生活会很快乐,当然,也会很艰苦。我只希望女儿在人生的某一时刻明白爸爸的选择，理解爸爸想要的人生。

城市的确很好，那里的生活无比便利，孩子可以在具有竞争力的学校学习。首尔的教育环境很好，在那里可以受到很好的教育。在首尔，尤其是江南等地就是如此。然而，我并不希望自己的女儿在社会所认为的那个所谓的"成长的中心"，在那里耗费自己所有的青春期和少女时代，因为每个人成长的最终目标都不尽相同。大多数人都把效率和合理、便利和富裕视为成长的最终目标，但为此所要付出的代价也同样很大。

在我的山房里，女儿知道了想要有暖乎乎的热炕就需要砍柴烧火；了解到想要吃烤红薯、烤土豆的话就必须先准备炭火；懂得了会大方地送给为了吃一块红薯而聚集到灶口前的狗狗们它们红薯吃。通过这一系列的过程，女儿知道了成长的最终目标不仅仅是利己，利他也是非常重要的。

丛林中的来信

✉ 第三十七封信

疼痛，神灵赐予的省察机会

　　疼痛带来的并不是悲伤，而是一种因没能好好生活才导致身体先垮掉的自责感。

　　上次，我有幸去了一趟智异山。上午我从白武洞爬到 Jang Teo Mok，在那里的暂住所度过一晚之后，第二天一大早在天王峰看过日出之后，我便下了山。在首尔生活的时候，几乎每周我都会去近郊爬山。奇怪的是，真正在山里生活之后，反而爬山的次数减少了。生活真的是件很有意思的事情。

白武洞路线是与中山里路线一起的、可以抵达智异山天王峰的最短路线。这两条路线都只需要走6公里左右就可以抵达山顶，不过呢，作为路短的代价，我也因此需要走上一段非常陡峭的斜坡路。以往的我喜欢爬山，所以会毫不犹豫地选择走这样的路线。但是，当我开始选择走这条路并一直走到500米左右的斜坡路之后，我才恍然大悟。当时的念头就是："啊，再这样走下去，可是非常要命的事情！"我感觉到自己心跳得飞快，这让我很自然地想起了入口警告牌上所写的话："为了预防心脏性猝死，千万不要勉强自己爬山。"

通过频繁的休息，我才使自己的身体慢慢地适应过来，然后，一步步逐渐增加步行的距离，好不容易才爬到了山顶。望着智异山的全景，我不断地警醒着：这段时间真是太放纵自己了。当我感觉到在丛林中生活，清

丛林中的来信

新的空气让身体变得越来越健康之后，我抽烟的次数反而比之前更加频繁了。还有，因忙于生活中的种种琐事，我都忘记了省察自己，看着自己那一天天变大的肚子，而体力也变得出奇的差。

这还不够，我发现这些只是不到位的省察而已。在下山的时候，更为惨烈的经验出现了，我右侧的膝盖居然疼到难以弯曲的程度，这是因为陡峭的斜坡路把这段时间剧增的体重基本都施加到了膝盖之上。我用两条手帕缠住膝盖，勉强减轻一些身体对膝盖的压力，即便如此，我还是花了比上山更长的时间，好不容易才回到出发地。中途遇到好心的游客过来搀扶我的时候，还会关切地附加上一句"有可能是退化性关节炎，要尽早去医院看看"，他还告诉我，自己也曾经患有这样的疾病，后来通过爬山运动几乎痊愈了。无比热心的他还再三嘱咐，让我在诊断之后，好好地护理膝盖。当我回到家休息了两天之后，关节的疼痛渐渐地消去，然而我心中的自责却久久挥之不去。疼痛带来的并不是悲伤，而是一种因没能好好生活才导致身体先垮掉的自责感，一时间我的心里很不是滋味。

有的人说易于省察自己的地方是禅房、医院或者监狱。为了省察自己，选择去禅房，这是出于自由的意志，而后两个场所可以说是被强制赋予的省察机会。在跟禅房无分别的山房生活，我却不会省察自己，这次的教训，应该是神灵给予我的好好省察自己的机会吧！我们是不是要在自己所经历的所有疼痛中省察自己呢？怀抱着这样的想法，我迎来了美好的秋天。你呢？希望你也能活得更好！

✉ 第三十八封信

采挖红薯

我相信总有一天女儿会在挖红薯的时候领悟到：为了获得完整的红薯，需要更多地堆肥，需要用锄头慢慢地挖开周围的土壤。

山房的网络出现故障已经足足有两个星期了，到现在还没有修理好。当这个与外面的世界沟通的唯一媒介出故障之后，坦白地说，刚开始的时候我简直烦心透顶，觉得是天大的事情。不过，几天过后，到现在我已经差不多完全适应了。只是当我需要寄信的时候,会和以前一样需要古老的邮递方式,所以要过好一段时间之后才能送到收信人的手中。这让我对收信人感到万分的抱歉。我在心里一直默念着:都说这家通信公司比较蛮横无理,可是……都已经过了这么久了,下个星期他们应该会过来给我修理吧?

最近去村里时我也很少能遇到熟人。因为现在正是割水稻的季节,大家都到田里忙了。这样看来,我的秋天跟他们比起来倒显得很是悠闲,因为今年我的农活主要集中在种树和养殖土蜜蜂方面。柿子树和梅子树至少要等两到三年才能开始收获,加上我使用的连杂草都不拔的耕作方法,所以没有太多的农活需要在这个时节去忙碌。土蜂蜜是要在霜降时收获的,它们留给我多少,我就收获多少,所以也没有特别要我费心的地方。不过,为了女儿,我特意耕种了少量她喜欢吃的红薯和花生,那也是只需施些堆肥就可以了,不需要我去做拔除

丛林中的来信

杂草之类的农活儿。

虽然今年使用的也是懒人耕作法，但是令人感激的是，红薯和花生居然结了果实。上个周末，我跟女儿一起挖红薯，挖了足够这几天吃的分量。在我把草和塑料膜掀起之后，女儿拿着锄头开始认真地挖红薯。跟去年一样，女儿还是从红薯茎长出来的地方开始挖。按照这种方式挖的话，很容易伤到红薯使其折断，不能挖出完好无损的红薯。正确的方法应该是从埋有红薯的地方较远处开始小心翼翼地挖，这样才能挖到完好无损的红薯。看样子女儿是急着一铲子下去就挖到红薯，我再次告诉了女儿挖红薯的窍门，不过她好像很难做到。有的时候，珍贵的果实要通过些许的忍耐才能得到。这个道理，女儿恐怕要再过一段时间才能领会。

可是即使挖到的是折断、受伤的红薯，女儿还是一样的开心。女儿关心的是挖红薯，我关心的则是土壤肥力提高了多少。我测量土壤肥力的尺度有两个，而评判标准则是我在用锄头挖地瓜的时候，看到的蚯蚓的数量是否有所增加；与去年相比红薯的个头变大了多少。这里已经三年没有进行除草了，初春的时候，我在这片土地上施了蚯蚓的粪便，还施了很多堆肥，眼下我关心的正是在这些因素的作用下，土壤的肥力究竟提高了多少。

别人都说受到气候的影响，今年红薯的商品价值降低了，然而我种的红薯个儿头却比去年大了两三倍，而且产量也比去年增加了三四倍。我清楚地记得，去年有的红薯茎下面只有细根，没有结红薯，而今年几乎每棵红薯下面都有胖乎乎的果实。虽然这些红薯还没有达到贴上标签推出市场的程度，不过给来到自恣山房的客人们烤着食用倒是有着充分诱人的外观。对我而言，这可真是莫大的快乐啊。

丛林中的来信

有些人认为我是愚蠢的人、过于懒惰的人,不管他们怎么看,我只是选择自己的方式成长。通过施肥或施农药,在短期内取得成果的植物成长方式更有助于救济我目前的贫穷状态。不过,那种方式会把更大的贫穷留给那些要继续使用这片土壤的下一代人,地球也会病得更加严重。虽然我们都知道气候比以前更加恶化了,随着河川周边农田的消失,白菜等蔬菜的价格也暴涨,但是我们却不打算回首总结反思一番自己的成长方式。人们总是活在当下,总是注重眼前的成果,这与女儿用锄头直接挖断红薯的方法并无分别。

我相信总有一天女儿会在挖红薯的时候领悟到:为了获得完整的红薯,需要更多地堆肥,需要用锄头慢慢地挖开周围的土壤。我一边挖着红薯,一边想象着那一天的到来。

✉ 第三十九封信

请不要视而不见

最重要的是,至少要试着从现在开始倾听灾区传来的呐喊声。

我所在的槐山这个地方,特产主要有辣椒、黏玉米,还有专门用于做辣白菜的腌制用白菜。最近村子里种植腌制白菜的大哥索性把手机关掉了——白菜价格已经上涨到了有史以来的最高值,其中缘故是城市消费者订购腌制白菜的电话接连不断。虽然目前白菜的价格稍

丛林中的来信

微跌了一些，但是总体来说依然呈现出不断上涨的趋势。事实上，不仅仅白菜的价格上涨了，今年普遍的菜价也比往年上涨了很多。

推动菜价上涨的最主要因素当属气候的异常。今年，无论凭借怎样的科学种植方法都不能抵挡气候变化所带来的冲击。更为严重的问题是，今年发生的气候现象令很多人感到不安，这种恶劣的情况有可能一直持续下去。我们目睹了各路媒体为了抢先找到根本的对策和解决方法而努力进行报道的情形。政府也实施了必要的措施，通过农产品收入实现在短期内稳定物价的对策，同时也提出了对流通结构进行改革的主张。其中较为有深度的议论是其提出通过扩散生活协同组合（以下简称生协）运动开展的对策，这些对策是依据消费者和生产者之间的约定和信任的关系而形成的生产和消费方式的关系。

在我看来，我也认为生协活动需要得到扩散。通过生协，消费者能够以稳定的价格购买到安全放心的食物，农民能够获得更高的收入。农民通过生协供给农产品的时候，可以拿到销售额的75%。相反，如果供给到其他的资本流通渠道的话，农民们只能拿到其中的45%。

即使负责农产品的供给和流通的生协起到的作用变得比现在更大，实际上也难以磨灭农业的不确定性，降低消费者对物价的担忧。我认为可实践的方案是在城市的各地进行耕种，不过肯定会有不少人举反对旗帜，认为这个绝对不可行。学校的教师和学生可以在空地进行种植，住在楼房的城市居民也可以利用塑料泡沫和木箱子装土，在里面种植蔬菜。居民之间也可以进行协商，在庭院和楼顶等地方种植一些餐桌上必不可少的蔬菜。市民可以利用近郊的农场，或者是空地、花盆之类的，少量地自给自足一部分蔬菜。这样一来，至少能够收获几棵大葱、辣椒、生菜、西红柿、白菜之类的必需品。

丛林中的来信

当然，如果人们能在这个过程中产生关爱其他的生命和个人的话，那就更好了。

最重要的是，至少要试着从现在开始倾听灾区传来的呐喊声。我们当然不能把今年发生在各地的气候异常现象只当成是偶然的事件。蜜蜂逐渐从这片土地消失，这种现象不仅是主要养殖土蜜蜂的智异山才发生的事情，在下村和邻村也出现了相同的现象。新闻报导说这是全国性的现象。蜜蜂消失了，春天也会渐渐地消失，这种趋势是非常明显的。气候异常及因此而导致的农业的不确定性，对其根本性原因我们不能再视而不见。为了治愈灾区，社会中的每一位成员都要尽自己最大的努力。选择低碳生活、加入生协、支持进行绿色种植，即使居住在城市里，也请你从现在开始少量地耕种吧。千万不能再对希腊神话中的大地女神的愤怒视而不见。因为打电话订购腌制白菜的消费者太多，选择关机的农夫们同样也感到了不安。请大家千万不要对这种不安视而不见啊！

第四十封信

捕兽器

我明显地感觉到大海在半昏迷的状态下,也想着不能咬我。在多次尝试下,大海终于成功地拔出了脚。然而,大海却不能像以往那样正常地走路了。

这是两周之前发生的事情了。有一天,当我外出归来之时,回到山房发现大海不见了踪迹。要知道,即使几辆车的声音混合在一起,大海也能准确地分辨出我的

丛林中的来信

汽车声音，它一定会在村子附近迎接我。然而因为村里居民的抗议，只能把大山绑起来之后再出门。当我回来看不到大海的身影时，顿时产生了一种不祥的预感，我一边给大山解开狗链，一边问它："大海在哪里？"与平时不同，大山一直望着对面的山岭吼叫着。不对，与其说是吼叫，不如说是哭吼更为准确。

那一瞬间，从对面的山岭中也传来了大海的哭吼声。我顿时感到大海遭遇到了什么事情。当我连忙换上一双鞋、拿起拐杖时，大山已经朝着大海的方向跑去了。它回头看了我一眼，我明白那是让我赶快跟过来的意思。我掀开秋天的野草走到对面的山头大喊着："大海！"然而却一丝回应都没有。我只好一路跟着大山，最终到达的地方是村里某位大哥开垦种庄稼的地方。到那儿之后，大山只是跟在我的身边，不再向前跑了。无论我呼唤了多少次大海，最终也没有听到大海的回答。

天色逐渐暗了下来，我感到越来越不安了。大海不会是被毒蛇咬住了吧？它不会是中了村里猎人的枪吧？担心大海的心情越来越重，这种担心又逐渐变成了埋怨。以前不止一次地跟大海叮嘱过不能去狩猎，然而大海根本不听我的劝告，还是到处去乱闯。压抑着如此复杂的心情，我只能四处焦急地呼唤着大海的名字。然而在这片长满高大的豆科草的斜坡上，我根本就找不到大海的影子。到了这步田地，我甚至认为只是跟在主人身旁的大山很是无情。它应该已经闻到了大海的气息，可它就是不肯为我引路——哎，它还是跟平时的习惯一样，只是忠实地跟在我的身边。

就这样寻找大海已经过了很长时间，可惜还是无果而终。最终我还是被一种宿命论占领了自己的意志，犹豫再三后我决定下山。就在我向前迈出四五步的时候，大山在我九点钟的方向，在距离我20米的草丛里吼叫了一声，之后便消失在了草丛里。

丛林中的来信

我慌里慌张地跑了过去。天啊！大海居然躺在那里。已经处于半昏迷状态的它，用迷离的眼神可怜兮兮地望着我。我的视线停留在了它的前脚掌上。天啊，这是怎么回事呢？大海的前脚被卡在了有着锋利锯齿的捕兽器上，脚边还有很多血。我条件反射性地用拐杖张开了锯齿，虽然那东西稍微张开了锯齿，然而我的拐杖却被弹了出去，锯齿再次狠狠地咬住了大海的脚。就像被电击一样，大海突然起身咬住了我的左胳膊，然而又马上下意识地松开了口。我明显地感觉到大海在半昏迷的状态下，也想着不能咬我。在多次尝试下，大海终于成功地拔出了脚。然而，大海却不能像以往那样正常地走路了。我在前面带着路，它一瘸一拐地跟在我的身后，时而还会蹲下来休息一会儿。一直到太阳完全落山之后，我们才回到了山房。

我没有给它进行特别的治疗。大海不断地舔舐着自己的伤口，一瘸一拐地走着路，就这样保持着这样的状态，反复10多天之后，它才终于恢复了正常。这不，几天前它又开始出去捕猎了，还叼回来一只野兔。再这样下去的话，大海难免还会被捕兽器捕获，那些捕兽器是村里的人们为了保护农作物不遭到獐子破坏而安装的，总是跟在我身边的大山肯定不会被捕兽器捕获。想到这些，又联系我自己的人生，哎，我与它们两只狗的生活有什么共同点呢？或者问题应该这样问：哪一种方式能让生活更加精彩呢？

第四十一封信

关于简洁

对包括人类在内的动物而言,欲望是如此难以控制的东西。虽然它源自自己的内心,但是自己难以调控的也正是欲望本身。不过,丛林却是完全不同的。

这段时间,我离开山房在外地待了几天。每天早晨我都在某企业的研修院,与大家一起分享秋天的丛林和丛林给予我们的经营秘诀。如此,为了演讲需要离开山房几天的时候，总有一件事情让我放心不下：没错，那就是大山和大海，还有前不久出生的风声的安危。虽然我在大纸箱里放了很多狗饲料，但是它们如果每天的食用量不当的话，最后几天可能还是要饿肚子。特别是那只刚出生的小狗，它现在还太小，不懂事、爱贪吃，无法控制食欲，遇到这些情况，它们可能就要饿上好几天了。

对包括人类在内的动物而言，欲望是如此难以控制的东西。虽然它源自自己的内心，但是自己难以调控的也正是欲望本身。不过与此相对的，丛林却是完全不同的。丛林通常会在立冬之前下霜，而那些叶子，那些平时以宛如要把田野都要覆盖一样的气势快速蔓延的葛藤叶子，它们也会在一夜之间从绿色变成灰褐色。在丛林中偶尔会出没的蛇也不见了踪影，马蜂也消失了，小鸟和松鼠们的移动也会更加匆忙。卫矛、漆树、槲栎、银杏树、野生樱桃树，全都释放出自己最美的色彩，在这

丛林中的来信

最近的一段时间内，丛林中所有的生物可以说都放下了自己的欲望。

生活在丛林中的所有的生命都知道自然不允许它们无限地生长。晚秋要求它们停止生长，这是为了让它们迎接可以再次开始生长的春天。而只有储存实力才能度过严寒的冬天，生活在丛林里的每一个生命都知道这一事实。树木和草的过冬准备很简单，只要做到"抹去"这个动作就可以。草会抹掉这一年在地面上的生长部分，只留下种子，那是为了从种子的状态重新开始自己的生命。树木则会释放水分，它们会把一部分水，一部分为了成长输送到叶子、茎、树枝的水返还给土壤。这时，它们也会回收留在叶子上的养分。枫树则会在秋天把自己渲染成红色、黄色、褐色，这个季节是它们举办的一场轮回的盛宴。当冷风吹来时，树木就会掉落叶子。在此之前，它们早已在叶柄和枝条相连的部位制造出离层，就如我们糊的窗棂纸一样，以此抵抗寒气的入侵。

在刮大风、飘着雪的寒冷冬季，它们守着冬芽默默地度过时光。就这样，丛林让我知道了另一个道理：为了变得简单，需要先停下来，沉没一段时间；它教会我凝视那些已经在自己体内静静等待的种子和等待发的芽。此外，丛林还告诉我：要等待重新生长的时机，需要停留在寒冬里的时间。

回到山房时，会是怎样一番场景呢？我的脑海里已经勾勒出一幅合理的情形。大山和大海整天都晒着太阳，凝视着将会传来我的车声的方向；它们通过最小化的运动量来减少呼吸，为了减少粮食的消耗，它们就那样长久地保持着沉默，连最小的风声也会跟着一起沉默。

如此，到了晚秋时分，自然界的生灵们都应要记住：这是生命都将重新变得简洁的时间。

丛林中的来信

✉第四十二封信

她听不到钟声的原因

"其他的女性都说她们在接吻的时候会听到钟声,可我接吻的时候,一次都没有听到过钟声。这是为什么呢?"

前不久,有三位女性来到了我的白鸟山房。她们是为了采访我而来的,据说我被选为某一季刊杂志的冬季号人物。其中有一位三十出头的女性在正式采访我之前,突然向我提出了这样的问题:

"我为什么听不到钟声呢？"

"您的意思是……"

我完全丈二和尚摸不着头脑，只听她继续说道：

"其他的女性都说她们在接吻的时候会听到钟声，可我接吻的时候，一次都没有听到过钟声。这是为什么呢？"

看样子，她像是还未婚的样子。

我不由得心想："对初次见面的我，用这种提问方式来打破紧张的气氛，看来她是一个很有意思的人。啊，不仅如此，她有可能还会是不拘小节的、拥有自由灵魂的人。哈哈，该不会是因为我生活在山林里，所以把我想象成是精通一切的道人吧？"不管怎样，我对她提出的问题很感兴趣，我短暂地停下来，对接吻和钟声思考了一番。诚如她所言，如果那是女人们能听到的声音的

丛林中的来信

话,身为男人的我,好像从来都没有听到过什么钟声。只是,变得朦胧的那种无我的境界,我倒是经历过很多次,我猜想人们应该是把那种朦胧的感觉表达为听到了钟声吧!

现在仔细想想的话,接吻时听到的钟声越接近,表明初吻时的感受越强烈。能一眼就捕获我的心,让我被本能地控制住的那一瞬间,我听到了(她所说的)钟声。我又不禁开始思考:为什么这位女士一次都没有听到那个让人精神恍惚的声音呢?其实不管怎样,我都应该回答她那十分认真的提问。根据自己的猜想,我这样回答了她:

"看来您是用头接吻。我想首先应该是心和身体做出反应,然后那种恍惚的感觉会渐渐地灌满整个脑子,那才是甜美的接吻吧!"

听到我的回答之后，她露出了奇妙的表情。语言有时很奇怪，很多时候，它在用来分享彼此的领悟方面可以说是无济于事的。这就如同即使说了无数遍使用斧头的方法，拿起斧头亲自实践的时候如果依然无法悟出来，那也就没有任何意义是一样的道理。

其实我来到丛林之后，经常能够听到那个声音。现在的我，即使不是接吻也能通过其他方式听到更多的钟声。在种植庄稼的时候能听到，在丛林中漫步的时候也经常听到。这钟声是隐隐约约的钟声，而我只有在进行演讲的时候才能听到如在接吻时出现的那种强烈的钟声。在想听到丛林告诉我们的生活智慧的听众面前，向他们进行两三个小时的演讲时，我会多次听到十分强烈的钟声。

虽然知道我下面要说的话有些多余，但是为了那些依然想要用头部而非心灵去理解听清钟声方法的人，我

丛林中的来信

还是想简单地整理几项原则：第一，被吸引。完完全全地喜欢对方，被对方所吸引；第二，对对方放心、保持恒心，爱惜对方；第三，不要分辨。自己完全投入进去，按身体的本来反应去做，不要用脑子进行分析。享受对方的反应和感应，更强烈地吻对方，完全为那一瞬间付出。

哈哈，真诚地希望你能在生活中的每一天都能够听到响亮的钟声。

✉ 第四十三封信

生死存亡的瞬间

> 没有任何选择余地的它们，只能选择跳出火坑，它们知道不是要避开火，而是要正面突破熊熊燃烧的烈火，只有这样才会有一线生机。

上周末，我突然接到有客人来访的消息，时隔十余天后，我又可以在自恣山房生火了。虽然好久没有烧炕，但是这次的火烧得还是很旺。点燃引火柴之后，我

丛林中的来信

一点点地放进柴火,就在火烧得很旺的瞬间,我突然有一种奇怪的感觉,总感觉火炕里面似乎有什么东西。可是能是什么呢?看着烧得很旺的火势、听着柴火刺啦啦燃烧的声音,我的那种担忧又马上消失了。没过多久,火炕下面就形成了通红的炭火,可才过一会儿,烧得正旺的火势就渐渐地变弱。我分析那是因为放了太多的柴火,致使没有可以通风的空隙。于是,我在交叉摆放柴火的火炕下端弄了一个通风口。有了这个通风口的话,柴火就能够获得燃烧所需的氧气,从而可以再次熊熊燃烧起来。

在弄出这个通风口还不到一分钟的时候,有一个黑色的物体从火里迅速地蹦了出来。啊!这是怎么回事呢?一只全身被火烧得黢黑的老鼠居然经过我的膝盖,蹦到了我的胯下。不仅如此,我还从那只老鼠的身上闻到了烤肉的味道。一刹那间,我被吓了一大跳,那只老鼠该会有多烫呢?我感觉到它的痛楚也转移到了我的身上。

看着那只闷头乱窜的小老鼠,我的心里很不是滋味,我把它放到了远处的地面上。回到屋里之后又向火坑里添了两把柴火。哎,今天到底是怎么回事呢?没过多久,又有一只黑乎乎的东西蹦出来了——又是一只老鼠!这只小家伙的外伤看上去不是很严重,不过瞬间好像迷失了方向,它在我的脚边来来回回不知所措。这次,我起身站在与老鼠几步之遥的地方静静地看了看它。难道这是万幸吗?小家伙马上钻进檐廊下面藏了起来。

有好一阵子没有烧火了,所以难免会有几只老鼠把自恣山房的火坑当成了它们的住所。最近,随着气温的逐渐降低,选择可以少受一些寒气的火坑自然成为它们安全的隐身处所。然而有一天,生活中却出现了这么一个人,他要生火,还要往火坑里面扔柴火。它们肯定避

丛林中的来信

开烟雾和热气,藏到了火炕的下面。当烟雾变得越来越重,它们没有了退路,肯定也会本能地感觉到一直藏在火炕下面很可能会窒息而死。没有任何选择余地的它们,只能选择跳出火圈,它们知道不是要避开火,而是要正面突破熊熊燃烧的烈火,只有这样才会有一线生机。其中一只老鼠先 过了变得通红的滚烫的炭火,但是看到像一座山一样蹲在出口前面的人之后,它在感到害怕时,在犹豫的一瞬间全身都被火烧了,就此受了致命伤。

还留在火后面的另一只老鼠肯定下了决心不去想蹲在入口前的巨大的人,一心想以最快的速度越过火墙。虽然即使成功地逃离火海,它也并不知道那个人会如何处置自己,然而它却知道当下不能想那么多,只能不顾一切地逃离火海,决心逃离之后就听天由命,就此踩着炭火快速地逃了出来。万幸的是上天打动了那个人的心,让那个大块头没有阻碍它的去路。这样,不顾一切、越过火墙的老鼠终于获得了重生的机会。

就在那天，在遇到在产生浓烟和热气的火炕里不知所措的两只老鼠的当天，我想了想我要离开的那个"火炕"。对我而言，这几年也是需要我不顾一切拼命去翻越的生活瞬间。

丛林中的来信

📧 第四十四封信

致给想归乡种田的人们

> 如果你想归乡种田,那么一定不要把农村当成是一个避难所,或者当成是一个古老的地方。

今年,在我树立的梦想中,有一个是把我们的村子打造成信息化村。政府每年会在全国选定三四处信息化村,在三年的时间里进行3亿韩元的预算援助。在向村里的人们说明多次之后,我向行政安全部递交了事业计划书。幸运的是，我们的村子果然被指定为了信息化村，电脑和互联网普及到了更多的家庭中。它们在村子里制造出提高居民信息收发能力的生活环境，也同时进行着增加农村收入、提高居民便利生活、优化福利的光辉事业。

现在刚投入预算，这个村子就已经开始进行一些施工。除了少数几个人之外，村里的大多数人还不敢相信这一切。当然，也有可能是因为这个村子之前一次都没有得到过如此大规模的支援，这个庞大的数字旨在提高居民生活水平。当然，也有可能是因为对大多数村里的老人而言，这是一项连概念也很难理解的事业。

20世纪90年代初，我写过以农业问题为主题的硕士学位论文。那时我深入地了解到：在现代史中，农业和农村为资本和城市的稳定，在政策上所受到的牺牲。直到最近，我的看法也没有任何变化。在签订自由贸易协

丛林中的来信

定 FTA 的过程中，我们目睹过多次为了保护或贯彻其他产业的利益而让渡出农业利益的事例。有的人说农村里有很多白来的钱，他们所说的白来的钱是指从农业做出牺牲的角度上，为了保护农业，政府为农村和农户进行各种支援的预算。

大部分农民都不知道有那种预算，但是少数人目睹了有些人用不正当的方法私吞那些预算，或者是接触到特殊人群用不正当的手段进行贪污或挪用的事例，于是产生了这种认识。

几年的归农生活让我知道了即使在这个美丽而平和的小村子里，也依然存在一个小小的政界。依我的短见薄识，政治是处理无数欲望下的利害关系的过程。当其过程民主、合理时，社会就会变得更加美好、更加平和。正是因为为了提高农村的自立能力而投入的预算存在被非民主、不合理利用的一面，所以有些人才会把农村视为"白来的钱泛滥的地方"。

独自一人的时候，我经常会这样问自己："我为什么来到这片丛林中？是为了自己一人过上充实的生活而来到这里吗？"自从为村子的事业进行策划、介入村里人们的生活以来，我的内心开始动摇了。支撑我的生活的农事、演讲、写作这三个柱子失去平衡的时候有很多次。我本一心想远离村子的小政界，然而事与愿违，我反而成为人们谈论的话题。我再次拷问自己："我为什么要介入他们的生活呢？为此连自己的生活也摇摆不定了？我从中究竟想得到些什么呢？"

我认为测量农村自立的尺度是想到城市里去生活的人口数量，还有去城市的人们再次回到村子、连接生活和文化的人口数量。综合起来就是说农村的共同体生活的价值得到复原的程度。那么，农村怎样实现自立呢？我刚刚登上了那个实验的舞台。政界人士和政策决策者们从没有多少的资金支援中，努力地寻找着农村自立所需的东西。就如我们的社会绝大部分那样，人们还在从金钱中寻找答案。他们并不知道真正的答案在人身上，重要的是市民或居民的意识，以及互相奉献、互相关爱和帮助。

如果你想归乡种田，那么一定不要把农村当成是一个避难所，或者当成是一个古老的地方。希望在来农村的时候，你会把心中的正义和多年的宝贵经验一起带过来——因为农村现在缺少的就是这些。

✉ 第四十五封信

不是钱， 而是生命

为了查看小家伙的伤情，我拿着电话走到檐廊的时候，正好看到小家伙为了爬到我的身边而拼命地挣扎着，而我距离它有着那么遥远的距离。刚才在车上望着我的那双纯洁的眼睛，此刻已变得万分湿润。

半个月前，当我去下村大哥家回来的时候，我又抱回来一只小狗。家里已经有大山、大海、风声三只狗狗

丛林中的来信

了，我本没有再去领养小狗的想法。不过那天不知是哪根神经出了问题，我居然又抱起了那只可爱的小狗，那只向我跑过来舔着我的鞋子，要我陪它玩的小狗。

"嫂子，那家伙我可以抱走吗？"

嫂子一点儿都没有犹豫，马上说道："抱走吧。哎哟，这家伙真有福啊，去老师家的话，一定会成为世上最幸福的小狗吧……"

我把这小家伙放在卡车的副驾驶位上，车子在崎岖的山路上晃晃悠悠地行驶着。神奇的是，这小家伙居然没有一点点要找自己父母的意思，一直凝视我的眼睛，那眼神不知有多纯真，顿时就把我的心俘虏了。下车之后，我先把大山拴在了泉水附近的1号狗窝旁边，这是为了防止大山欺负新来的小狗狗。然后，为了拴住大海，我又特意打了铁桩。虽然它们一直都没有被这样拴养过，但是为了新来的小客人，目前只能这样做了。

当我在火炕旁的2号狗窝附近正在打铁桩的时候，突然传来了小狗的尖叫声。啊，那是从拴住大山的位置传来的声音。我连忙扔下手上的锤子，慌里慌张地跑过去了。天啊，这是怎么回事呢？大山好像咬伤了刚抱过来的那只小狗。看样子，应该是它在大山附近玩耍的时候，遭到了大山的突然袭击。小家伙吃力地向距离四五米的卡车轮胎下面爬去。它拖着两只后腿，只能用前腿吃力地爬着。那一刻，我知道发生了大事故。

我看了看小狗的伤，看样子大山的那张大嘴和牙齿同时咬住了小狗的脊椎和腹部。小家伙的两只后腿在晃，毛上还有血迹，好像伤到了脊椎神经。我马上跑到屋里，搜到了动物医院的电话，连忙给他们打了电话。两家医院听到小狗的伤情之后，第一反应是说手术费用可能会超过100万韩元，接着说在兽医大学的动物医院接受手术才有一线希望。我听完后连忙给兽医大学医院打

丛林中的来信

了电话。不过对方说根据日程安排，10天之后才能给小狗进行手术。顿时，我的心里百感交集。

为了查看小家伙的伤情，我拿着电话走到檐廊的时候，正好看到小家伙为了爬到我的身边而拼命地挣扎着，而我距离它有着那么遥远的距离。刚才在车上望着我的那双纯洁的眼睛，此刻已变得万分湿润。那一刻，我真的不敢再看小家伙的眼睛，觉得太对不起它。我走到大山前面，对它大声地吼叫着，狠狠地教训了它一顿。当我再次看小狗时，它那依然像水晶一样的眼睛宛如看穿了我的内心，我再一次地避开了它的视线。手术之后也不知道会怎么样，手术费用对我来说也是一个很大的负担，哎，这可怎么办好呢？

再次回到房间后，我又搜着医院的信息，决定先把小家伙送到60公里外的一个小城市的医院。我在汽车的副驾驶位放上纸盒箱子，然后把小家伙放到了里面。痛苦难耐的小狗发出微弱的呻吟声，可是即使如此，它还一直望着我。现在，我也更加频繁地注视着小家伙的眼睛。抵达医院之后，我听到的消息是：小狗不仅脊椎伤得很严重，腹膜也被咬破了，如果不马上接受手术的话，就会有生命危险。在给小狗进行手术之前，我一再拜托医生尽最大的努力给小狗进行医治，好让小狗能够再次使用那两只腿。

回来的路上，我暗下决心以后叫小家伙为"自自"——那是出于一份美好的期盼，希望它能找回"可以自由自在地活动"的身体。虽然过了两个星期，自自的腿还是没有康复（或许它永远都不会康复），可我一定不会抛弃自自，一定会跟它一起生活。

通过三年的丛林生活，我好像变成了把小草、树木、小狗全都当成一条条宝贵生命的家伙了。像水晶一样的自自的眼神与小孩子的眼神并没有什么区别。村里

丛林中的来信

的一位老人说我白白地浪费了那些钱，责备我是一个缺乏判断力的人。虽然那些钱对我而言是个不小的数目，但在我看来，比起金钱，生命的价值无疑是更宝贵的，不管别人怎么看，我依然要继续按我的方式去生活。

第四十六封信

区分人类和人的方法

与某个生命为伴，给那个生命施与关爱，这些对享有有深度的生活是非常重要的。

自自到现在还是不能用后腿走路。不过，它好像掌握了一种像兔子一样的走路方法，这家伙可以用前腿一蹦一跳地快速移动。我只是一心祈祷着自自的身上会出现奇迹，并在一旁观察着它。另一方面，大山的生活也有了翻天覆地的变化，它依然被拴在泉水旁边的狗窝，

丛林中的来信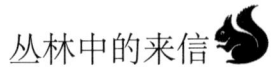

刚开始的几天它对不自由的生活曾进行过强烈的抗议。每当给它喂食的时候,我都对它说这些话:

"想获得自由吗?你还早着呢。你毁掉了一个生命,这种罪想要得到宽恕的话,还早着呢!如果你不明白这一点,那将会永远被拴在这里!"

下午,当我经过大山的房子去烧炕时,这家伙居然在我的面前使劲儿地撒娇、哭吼。然而,我却无心看那家伙的眼睛,我反而会再次对它说些督促反省的话,然后自然地走过去。自自总是会跟着我,但是会在大山的房子前绕一大圈再爬到火炕前。看样子小家伙是对大山产生了一种恐惧心理。昨天,这房子里终于发生了特别的事情。自自来火坑的路上,竟然去了大山那里。我屏住呼吸看了看大山,心里做好了若发生什么意外就马上制伏大山的准备。

大山静静地凝视了自自，然后嗅了嗅它身上的气味，紧接着用舌头舔舐了自自。自自看上去很享受这一切，它干脆躺在地上，让大山去舔舐自己的身体。就那样，它们一起玩了10多分钟。大山和自自的心理发生了哪些变化，我到现在还不是很清楚。日后，我也只会在一旁看着它们，很难从它们的立场去理解它们。然而，有一点可以明确的是，大山开始反省自己了。

在我看来，人类和人的意思稍微是有一些区别的。种过地就是人，还没有种过地那就是人类；养育过自己或他人的子女就是人，还没有的就是人类；疯狂地爱过某人的就是人，没有过的那还属于人类。如果你符合上面的任何一项的话，你就是我所认为的"人"，不是的话你就依然是"人类"。你或许会觉得有些牵强，有些莫名其妙，不过我是在强调：与某个生命为伴，给那个生命施与关爱，这些对享有有深度的生活是非常重要的。种地是能够体验那种生活的好渠道，如果种地有些

丛林中的来信

困难的话，你不妨可以养一盆花，与生命近距离地沟通一下。我同样也是通过种地、在与生命近距离接触的过程中，同样感受到了生命，施与过爱，经历过痛苦、快乐和丧失。在此过程中，我知道了有深度的生活。那些关于某些企业家认为打伤人之后给钱就行的报道让我很是心痛；花自己的钱购买土地，在不触动法律的基础上，在其土地上面为所欲为的回乡务农人也让我很是心痛；凭借规模和价格竞争，把传统市场或小商贩们逼向绝路，但仍认为那是市场的法则，那些没有任何犹豫的商人冷酷的灵魂让我很是畏惧。如果那是我们认为的自我经营和成长，人们相信通过那种方式会让我们的生活变得丰盈的话，那我们下一代的生活该会是多么的痛苦呢？

希望大山舔舐自自的情形不会仅有这么一次，希望我们生活的这个社会，比起空有能力的"人类"，富有爱心的"人"会越来越多。因此，今天我也想再呼喊一次："希望生命和爱伴你一起成长！"

📧 第四十七封信

自立的生活

这个寒冷的冬季,一切变得洁白、宁静,这时候是自问自答的最好时机。

临近冬至,天变得更冷了,好像要完全进入漫长的寒冬。来山房的路上,小溪的水流一点一点地溢出,逐渐形成了冰面,那面积也在渐渐地变大。现在看起来还好,但是过不了多久就会迎来那样的日子,那种要背着背架在村子和山房之间来回奔波的日子。虽然你可能会

丛林中的来信

为我的不便之处担忧着,但在我看来却一点儿都不担心。冬季是丛林中所有的事物在一切为之冻结的季节面前变得谦卑的时候。我也不例外,也不希望自己是个例外。在这一季节,最好的办法是少出门,拿出收起来的省察镜子,多照照自己,进行反省和省察才是正确的。

这个寒冷的冬季,一切变得洁白、宁静,这时候是自问自答的最好时机。我问自己的问题大概有这些:我为什么会在这里?我去往哪里?是否我在证明着自己过的生活?在忙碌的一年里,有没有沾染尘俗的污垢?如此,山里的冬天是一个适宜自问自答、多去关心自己内心世界的季节。这种提问和回答将会证明你现在的生活。

我向往的生活是自立的生活,我愿意分享在那自立的生活中所收获的小小的果实,为邻里、朋友和社会献上微薄之力,那就是我一心追求的人生志向。自立就是自己站起来，而若想自己站起来，首先则要具备能够保护自己不受外界影响的能力。进而，依靠能够守护自己的能力，把自己所创造的精神、物理、化学的能量返还给外面的世界，以此为前提，尽可能地成为生活的主人。这就像是一棵树、一棵小草的生活方式一样。

世上没有一棵树、一棵小草通过加害或剥削他者的方式来持续它们的生活。就如独自制造养分的它们一样，我梦想着我的生活也能够通过自己的汗水和努力填满，希望自立的那一天早日到来。大树通过落叶、果实，甚至是死亡的形式，将收获返还给丛林的其他生命。同样，我也希望自己取得的所有成果能够被邻里、朋友和社会所使用。不知道你对此有何看法，不管怎么说，这就是我心中要去实现的自立生活的梦想。

丛林中的来信

✉ 第四十八封信

映照生活的镜子

在月光下,丛林中的树木露出了清晰的形体。虽然是寒冷的冬季夜晚,但树木看起来还是那么的充满自信。

去年12月份,我一次都没有出去演讲过,现在想想:难道是因为跨年聚会的样态发生变化了吗?今年有很多地方都邀请我去参加跨年聚会。外出之后回到丛林的深夜,在火炕下放入柴火生火之后,我抬起头来仰望着蓝天。阴历十七日的月亮像满月一样明亮，丛林在月光下变成了银色的世界。丛林里的猫头鹰比山房的狗狗们早先一步，欢迎着我的归来，繁华街区的一年在绚丽的灯光下逝去，我的一年在丛林中猫头鹰的歌声中结束。

今年我过得很忙碌。随着村里的人们一起学习、一起吃饭、一起劳动，共同体的文化不知不觉间渐渐消失了。这一年，为了制订关于恢复共同体文化的场所建造的事业计划，我不得不去说服政府从而导致我自己脱不开身。明年，我会为了制订在这里建立丛林学校——供城市里疲惫的灵魂们休息、反省场所的计划，为一些基础设施的建设而忙碌奔波。之后，我会为了说服政府和身边的熟人，还有村里的人们而繁忙地度过。原本计划跟女儿一起写完《献给小朋友们的丛林故事》一书，今年还是未能如愿完成，这让出版社的负责人很是焦急。今年初夏开始进行的那本书，我原本讲述青山岛的人和

丛林中的来信

风、水和草、树的故事，看样子也只能到明年才能完稿了。我深深地体会到拖欠别人文字债是一件多么让人心情沉重的事情，带着这种沉重的心情，我度过了这一年的年末。

新年，我的生活依然会很忙碌。要建造丛林学校，修建丛林探访路，还要种植林产品。此外，可能还要对接待来访者的项目进行适当的宣传。在政府支援的预算的基础上，为了筹集自己需要承担的资金，或许我还要去寻找更多慈善的投资者。虽然之前我一直自豪地说丛林中的生活是领悟并掌握活在当下的方法，但是过去的几天我一直被这些琐事缠身，这不，没过多久我便生了一场大病。

疼痛对我而言是一面镜子，我会把那段时间当成吸取教训的机会。因为高烧，精神变得恍恍惚惚、四肢酸痛、浑身感到冷飕飕的时候，孤独就会自动找上门来。

这种时候可是没有一丝一毫的办法，只能把自己完完全全地交给疼痛，甚至交给孤独。过了几天之后，我的身体渐渐恢复，意识变得清醒，而这也使我近来的生活投射到了镜子上。之前，没有区分慢节奏的生活和懒惰的生活，这些缺点完全暴露在了镜子上。没有做到老师总是强调的"坚持不懈"的日常生活，也通过导致我生病的精神压力暴露了出来。

回来看着在月光下变成银色丛林的树木，我突然感到羞愧无比。在月光下，丛林中的树木露出了清晰的形体。虽然是寒冷的冬季夜晚，但树木看起来还是那么的充满自信。它们自信到在冬季的阳光下、月光下都能毫不遮掩地露出在夏季长出的新叶子和树枝，从而守护着那属于自己的一片天空，它们好像都有一面镜子，可以照射自己每一天的生活。现在，我也要重新开始，每天都要坚持走路、写作、进行整理，反省自己的生活。明

丛林中的来信

年不会再有欠人任何"债务"的事情发生。我不会再把疼痛当成是镜子,而是要把暴露在蓝天下那自己的肉身和灵魂当成一面镜子。

✉ 第四十九封信

我们不幸的理由

我们并不是因为迎来冬季而痛苦,而是在于不知道冬天已经到来,依然期待像过春天一样,期待自己开花结果。

时隔一年,我接到了他打来的电话。虽然已经过了10多年,但是我依然清晰地记得与他第一次见面时的场景。那时的他是一名记者,从他的语气、表情以及行动上,我能隐约感到他的烦躁和无礼。刚见到我的第一

丛林中的来信

面,他就莫名其妙地问我:"金代表你的梦想是什么?"或许,就是那个提问把我的生活引向了这片丛林。记得那天,我没能回答出那个问题。此后的三年时间里,为了寻找他要的答案我彷徨了很久。再后来,我终于找到了答案,来到了这片丛林中,过起了现在这样的生活。

他会向来到丛林中的我偶尔打来电话问候,不过电话铃声总是会在午夜时分响起,而且总是在喝醉之后给我打来电话。在我打算辞职的时候,他也放弃了记者的工作,去了大企业的娱乐事业部工作。他喜欢那份工作,享受着高额年薪和优越的待遇,他经常请我喝酒。他在企业里的职责是发掘可以创造收益的电影并进行投资,并把其收益最大化地返还给企业。在我离开组织、迎来人生中的"冬季"时,他的人生则迎来了"春季"。

今天,他的声音听起来比往常喝得还要多。

"金代表，不，冒犯了，大哥！我现在累得不能再坚持下去了。在过去的三年里，我的生活糟透了。过几天，我一定会去拜访您。我想见您！我现在觉得唯有听大哥的指教，才能继续以后的生活。"

我沉默了好一会儿。因为我知道在这种情况下，我除了倾听之外，没有什么可以做的事情。好长时间的沉默之后，我对他讲了冬季来临之后树木过冬的方法。

"在自然界中，有着一部分名为冬季的时间。人也是自然的一部分，所以我们的生活也时常会迎来冬季。然而，大部分的人却不知道冬天已经悄然来到自己身边的事实。所以，进入冬季之后，他们还是期待着自己的生活会像春天一样绽放出花朵。我们的痛苦就源于此，我们并不是因为迎来冬季而痛苦，而是在于不知道冬天已经到来，依然期待像过春天一样，期待自己开花结果。

丛林中的来信

看看那些树木吧!在冬天到来之前,树木会把自己的叶子染成红色、黄色等属于自己的颜色。那火红色的漂亮枫叶,一直都得到人们的赞颂。但实际上,枫叶是树木收回自身欲望的形态,枫叶的出现也是树木迎接即将到来的停止生长期的特殊仪式。它们终于放弃了从春天开始就一直养育的所有的叶片,借助放弃自我而迎接了冬天的到来。这是赤诚的仪式——我们把这一形式称之为落叶。"

他在电话的一旁问道:

"树木变成裸木之后呢,它们做什么呢?什么都不做吗?"

我低声地回答了他。

"树木变成裸木之后就一直守护着自己。它们知道进入冬季之后,最重要的是守护自己。它们知道自己不能再消耗、生产（对人而言就是盲目地摸索）的事实，所以树木会停下一切生产的尝试。当然，即使如此消耗也维持在最低的水平上，那就是要变得简单、变得轻松。或许它们会在默默无声地强挺着，自然中存在着一段时期，需要像树木那样强挺着，只有这样才会有希望，才有属于自我修行的时期。我今天听到南边向阳坡上的梅花已经开了。它们的花是破开花芽绽放的，而那些花芽是什么时候形成的呢？知道答案的话，你可能会吓一跳的。梅花树在去年夏天已经长出花芽，在冬天和秋天好好地守护着它们。虽然通过放弃很多东西迎来了漫长的冬季，但是梅花从来没有放弃自己的梦想和希望——树木会以谦逊的态度去接纳冬季。"

他的声音变得更低沉了：

"我一定会去的。一定会去拜访您的。"

我对他说："来吧。只要方便的时候，随时都可以过来。来之前给我打声招呼就行。"我们的通话就这样结束了。我在睡觉之前，又想了想令我们感到我们不幸的理由。啊，今天应该是满月了吧！

第五十封信

年龄

在我们村子里,人们不会在墓碑上刻年龄。我们认为重要的不是一个人活了多久。

新年那一天,我比平时早起了一些。睁开眼睛之后,我就一直侧躺在那里没有动。跟随着自己视线的方向,我凝视着窗外小泉上面那些榉树的枝条。它们都保持着静止的状态。暖暖的火炕让我躺着很是舒服。不知不觉我已经完全沉浸在了思考的海洋:"啊,是45岁的早

丛林中的来信

晨了。在刚满30岁的那一年,一直觉得离自己很遥远的年龄,终于在这个清晨变为了现实!"

我的心情变得很愉快。现在已不再那么年轻了,已经是放下大多数触不可及的欲望的年龄。现在我还没有那么衰弱,所以还能保持着依然不能放弃的信念。另外,这个年龄里,心胸也不再那么狭窄,能够包容很多的东西。啊,我的生活迎来了新的局面!

焖上米饭之后,我简单地整理了一下屋子。然后,翻开了那本从昨天开始读的红色的诗集。这是我非常喜欢的诗人在时隔12年之后推出的新作。比我大10的这位诗人曾经是一个死囚。他在牢狱中生活了7年多,在总统的特别赦免下才回到了社会当中。据说,现在的他周游世界,为生命、为世界和平做着自己的尝试。这是一位对自己的人生哲学认真负责、思想正直的诗人,所以有的人认为目前他的这些活动是立场的转变,那些一次都没有站在死亡门槛上的人甚至认为他是变节。

　　通过丛林看到生命、看到自我，勾勒与邻里的健康共同体并为之努力。这样的我，在听到诗人做生命和平活动的消息之后也放下了心。在这个时代，能够解决日趋严重的"富饶中的贫穷""绚丽中的黑暗""全球性的野蛮扩散"等问题的最后希望就在于生命。和这位诗人一样，我同样也是持有这种信念的人。

　　诗集中融入了诗人成熟的志向，清晰地刻有关爱人类的精神。诗人看着"agsehileu 村子"入口处的某个坟墓的墓碑上刻有3·5·8……一样的数字，创作了《生活的年龄》这首诗。我的视线长久地停留在了那首诗上。诗人对那个村子的墓碑上刻有的数字产生了好奇心，通过村里的老人知道了那些数字所表示的意义。

　　在我们村子里，人们不会在墓碑上刻年龄。

丛林中的来信

> 我们认为重要的不是一个人活了多久。
> 村里的人们在过得真正富有意义的时刻,
> 认为自己今天过得非常充实时,
> 每当有难以忘记的经历时,
> 都会在自己家的门柱上画一条线,
> 某人离开人世之后,人们就会去数门柱上的线,
> 然后像这样刻在墓碑上。
> 这里墓碑上的数字就是真正的生活年龄。
> ——朴劳解《因此,你不要消失》之《生活的年龄》

有一种习惯,妻子已经保持了将近10年,她会在女儿的房间门柱上画线。妻子画线是为了记录女儿的身高。托妻子的福,记录孩子的成长也成为我的一大乐事。然而,这首诗却让我产生了另一种想法。我们记录如诗人所说的真正意义上的生活年龄,如果这样做的话会怎么样呢?我所说的真正意义上的年龄,并不是记录那些自己已经走过的岁月年限,而是记录那些活得有意义的人生经验和难忘时刻。

在又长一岁，到达 45 岁的早晨，我的心中油然产生了这样一种欲望，想着今年能够在山房的门柱上也画上一条线。如一天比一天多的白发的个数一样，真正的年龄刻度也能够逐渐变得更为深奥的话，那该是多好的事情呢？怀着这样的心愿，我开始了新的一天。

丛林中的来信

结 尾

在这个世上最深奥的教诲来自活着本身。

对我而言,最能给予我们教诲的,就是活着本身。

生活中没有正确答案。之前没有教过我们怎样生活的教科书,将来同样也不会有。就如滨旋花独自掌握抵抗海边高浓度的盐分和海风的方法一样,你和我同样也为了实现某种目标,过着不断完善自我的生活。

在生活中，我们偶尔会跌倒，偶尔会饥寒交迫，但是不久后快乐和幸福的日子就会再次找上门来，然后再次反复前面这一过程。这是所有的生命都要接纳和经历的生活过程。在我而言，最能给予我们教诲的，就是活着本身。

希望你的生活能够成为你的老师，希望你在过着歌颂自己生活的过程中，能够有与像你一样的我们擦肩而过的瞬间，或者与我们面对面的瞬间。

最后向读完我的信的你，和毫无怨言地成为信纸的树木们表示最为真诚的感谢。

结尾

图书在版编目（CIP）数据

丛林中的来信／（韩）金荣奎著；千太阳译．—北京：新世界出版社，2014.4
　　ISBN 978-7-5104-4962-8
　　Ⅰ.①丛… Ⅱ.①金… ②千… Ⅲ.①散文集-韩国-现代 Ⅳ.①I312.665
中国版本图书馆CIP数据核字（2014）第058027号

丛林中的来信

作　　者：	金荣奎
译　　者：	千太阳
责任编辑：	邓　婧
装帧设计：	主语设计
责任印制：	李一鸣　黄厚清
出版发行：	新世界出版社
社　　址：	北京西城区百万庄大街24号（100037）
发行部：	（010）6899 5968　（010）6899 8733（传真）
总编室：	（010）6899 5424　（010）6832 6679（传真）
网　　址：	http://www.nwp.cn
	http://www.newworld-press.com
版权部：	+8610 6899 6306
版权部电子信箱：frank@nwp.com.cn	
印　　刷：	北京和谐彩色印刷有限公司
经　　销：	新华书店
开　　本：	880×1230　1/32
字　　数：	120千字　印　张：7.625
版　　次：	2014年8月第1版　2014年8月第1次印刷
书　　号：	ISBN 978-7-5104-4962-8
定　　价：	32.00元

版权所有·侵权必究
凡购本社图书，如有缺页、倒页、脱页等印装错误，可随时退换。
客服电话：（010）6899 8638